나의 가슴은 표범의 후예

Korean Translation Copyright © 2013 by Bookorea.
Published by arrangement with Les éitions Actes Sud, S.A., through BC Agency, Seoul.

나의 가슴은 표범의 후예

2013년 11월 15일 초판 인쇄
2013년 11월 20일 초판 발행

지은이 | 윌프리드 은송데
옮긴이 | 최윤경
펴낸이 | 이찬규
교정교열 | 정난진
펴낸곳 | 북코리아
등록번호 | 제03-01240호
주소 | 462-807 경기도 성남시 중원구 상대원동 146-8
      우림2차 A동 1007호
전화 | 02-704-7840
팩스 | 02-704-7848
이메일 | sunhaksa@korea.com
홈페이지 | www.bookorea.co.kr
ISBN | 978-89-6324-229-3 (03860)

값 12,000원

표범의 후예
나의 가슴은

윌프리드 은송데 지음
최윤경 옮김

북코리아

한국의 독자들에게

나의 친구 독자 여러분.

여러분의 손을 잡고 마법과 분노, 사랑에 푹 빠진 이 길로 이끌고 싶습니다. 여러분의 길에서 잠시 벗어나 나와 동행해주시겠습니까?

『나의 가슴은 표범의 후예』는 보이지는 않지만 우리가 살아내고 있고 우리에게 생명혼을 불어넣으며 나를 열광시키는 여행입니다. 마음과 영혼으로 향하는 여행이지요. 책장을 넘기며 여러분은 낯설고 기이한 이야기와 마주하게 될 겁니다. 그 이야기는 수많은 질문들의 소용돌이 속에서 좋든 싫든 간에 자신의 위치를 알고자 방황하는 한 청춘이 직면한 현실에 관한 것입니다.

그는 자신이 할 수 있는 대로, 사납게 또 고귀하게 투쟁합니다. 우아하면서도 잔인한 야수 표범이 연상되는 것은 바로 그런 이유에서지요.

친구 여러분, 그의 아픔을 적은 이 이야기를 통해 이 젊은이를 만

나십시오. 여러분이 그와 닮았음을, 여러분 자신이 표범의 후예임을 알게 될 것입니다. 한 줄 한 줄에서 여러분은 형제를, 누이를, 여러분 자신을 발견하게 될 겁니다. 왜냐하면 우리는 여기에서 경계와 차이 너머로 이동하여, 옷을 벗고 빛과 마법에 감싸이게 될 테니까요. 그렇게 우리는 사랑을 시작하는 겁니다…….

평화와 환희를 부르짖는 현실의 외침 속에 오신 걸 반기며.

윌프리드 은송데

밴쿠버에서 브라질리아까지, 뉴욕의 갱들 가운데에, 바히야[1] 또는 라고
스[2]에서, 플뢰리 메로지[3]의 창살 뒤에 또는 소르본 대학의 계단식 강의실
벤치 위에, 암스테르담 중앙역의 마약 복용자들에게, 에이즈에 걸린 몸바
사[4]의 고아들에게, RER[5] A 노선을 타러 걸음을 재촉하는 파리의 빽빽한
인파 속에, 콩고를 보살피는 죽은 자들의 기억 속에, 아이티[6]에서 부두교[7]
제식을 거행하는 사람들의 얼굴에, 수세기 전에 아프리카 대륙에 묻힌 사
람들에게, 14세기부터 18세기에 이르는 전쟁 동안, 마약에 취하고 분노
에 사로잡혀 플랑드르 해자의 진창에 빠진 저격병과 검객들의 제복 속에,
대서양 밑바닥에 흩어진 해골들 위에, 유럽연합 당국에 망명을 요청하는
이들에게, 브릭스턴[8] 시장의 여자 상인들에게, 킹스턴[9]의 음향 시스템에
서 흘러나오는 왁자지껄한 소리에, 그리고 무엇보다도 르완다의 대량 학
살된 이들에게……

　　　　　　　　　　　……아프리카는 우리의 검은 피부에 떠돈다.

1) 브라질의 26개 주 가운데 하나
2) 포르투갈의 섬
3) 파리 근교의 도시로, 구치소들이 있다.
4) 인도양에 면한, 케냐에서 두 번째로 큰 도시
5) 파리 주변의 고속전철
6) 서인도제도의 공화국으로, 프랑스 식민지였다.
7) 기독교 교리와 주술적 요소가 결합된 신앙의 하나
8) 런던의 남쪽 지역으로 자메이카인, 아프리카인, 캐리비언들이 많이 모여 살며, 각국의 다양한 식재료를 파는 큰 시장이 있다.
9) 캐나다 온타리오의 천 섬 어귀에 있는 도시. 예전에는 프랑스의 영토였으나 영국의 침략 이후 영어권에 속하게 되었다.

\|

질문들, 끝이 없는 질문들. 영원히 끝나지 않겠지! 내가 있는 곳이 어디인지 아무리 생각해도 도무지 알 수 없다. 수사관은 내 머리에 대고 온갖 질문들을 소리 높이 외쳐대지만, 무슨 소린지 나는 알아들을 수가 없다. 늦은 밤이고, 나는 너무 마셨어. 너무 많이 피웠어. 제발 그만! 지금 내가 제대로 대답할 수 없다는 걸 그는 모르는 걸까. 창문을 조금만 열어줘요! 안 돼, 그가 고집한다. 내가 닫았어. 제기랄, 지금 널 감시하는 중이잖아! 나는 지친다. 흐리멍덩한 내 시야에 안개가 피어오르면서 조상의 그림자가 보인다.

이러려고 프랑스에 온 건 아니잖니, 얘야! 저는 신문(訊問)이 무서워요. 수년째 반복되는 이 질문들이 내 머리를 짓눌러요. 너는 누구냐? 어디에서 왔지? 학교에서 공부는 제대로 했니? 너희 나라는 어떤 곳이지?

뒤죽박죽 혼란스런 장면들이 소용돌이친다. 그 속에서 헤매고 있는 내게 희미한 생각들이 밀려온다. 물밀 듯이 줄지어 온다. 내 삶의 조각들이겠지, 그것들이. 그 안에서 나의 조상이 몸을 일으키는 것이 보인다. 그는 느릿느릿 움직인다. 선한 정기가 그의 주변을 구름처럼 에워싸고 있다. 그의 시선은 환각에 사로잡혀 현실 너머 어딘가를 헤매고 있지만, 그의 말을 나는 분명히 알아듣는다.

늘 믿어야 한다. 강하게 버텨라. 믿음은 산도 들어 올리는 거다. 인생을 바라보기만 해선 안 돼. 그건 아니야. 두 손 가득 꽉 움켜쥐어야 한다. 기도할 때처럼 몸을 웅크리고 네 아래에 여자를 눕히는 것처럼 네 인생을 갖다 눕혀야 해. 부드럽게, 때로는 격렬하게 껴안아주고, 꿈틀대는 뜨겁고 축축한 삶의 원천들을 찾아야 한다. 여기저기에서, 곳곳에서. 이 세상은 너의 것이야. 그 세상을 느끼는 법을 배워라. 언제나 네가 가진 가장 좋은 것을 세상에 주어라. 주저하지 말고 달려들어라. 두려움은 네 뒤편 멀리에 두렴. 너를 엄습해 오겠지만, 곧 사라져버릴 거다. 사람들 틈에선 제후처럼 걸어라. 네가 하는 행동이 무슨 의미가 있는지 늘 생각해라. 모든 발자국 소리는 다 울림이 있지만, 그중에서도 네 발걸음 소리는 사방을 뒤흔들 거다! 목숨을 잘 지켜라. 세상살이가 몸과 마음을 괴롭힐 때일수록 더더욱. 필요할 땐 땅바닥에 거칠게 침을 뱉고, 비열하고 천한 기운에는 귀를 막아라. 후회와 질투, 원한의 구렁으로 너를 끌고 가는 것들이니.

말들이 들린다. 거기엔 형용할 수 없는 뭔가가 더 있었다. 보이지 않는 어떤 힘이 그 말의 음절 하나하나를 내 영혼까지 실어 나르며, 한결 깊고 진지한 의미를 부여한다. 연인의 부드러운 애무와 흡사한 강렬한 느낌이 피부로 전달된다. 그 말들에 나의 온 존재가 사로잡혀 깨어난다.

　삶이 척박할 때, 그 메마른 삶이 네 깊은 속 상처를 베고 또 벨 땐 이를 악물어라. 고독 같은 건 느낄 일이 없을 거다. 너는 끝없이 펼쳐진 그물의 한 코이고, 연결 부호니까. 그 한 코가 빠진다면 모든 게 산산이 흩어질 터. 때로는 뒤집히고 쓰러져도 좋다. 그래야 시간을 꿈꾸며, 온갖 공간을 여행하고, 죽은 영혼들을 다시 만날 수 있으니까. 바로 거기에 어제와 오늘의, 그리고 내일의 열쇠가 있고, 사랑하고 위로하고 치유하는 마르지 않는 선량한 마음의 샘 또한 있단다. 그 힘, 그 에너지를 하나로 모으는 법을 배워라. 왜냐하면 그 힘은 착란에 이를 정도로 너를 뒤흔들 수 있는 것이니까. 그것이 바로 장엄한 말들과 형상들이 미친 듯이 요동치는 검은 빛의 세례다.

항상 맨발에 — 그의 새끼발가락은 너무도 일그러져 있어서 이 세상 어떤 구두장이도 그의 발에 맞는 신발을 만들 수가 없었다 — 짙푸른 의상을 입은 조상은 자부심과 원기가 충만했다. 그는 말하기를 좋아했다. 말과 행동으로 그는 충만하게 되살아났고, 환히 빛났다. 어쩌면 나보다도 그 자신이 이 기나긴 독백을, 마음의 양식을 필요로 하는 건지도 몰랐다.

넘어지고, 너는 다시 일어난다. 눈물을 닦아. 너는 혁명가, 지구가 돌듯이 너는 쉬지 않고 돌고 또 돈다. 너는 과감히 투쟁한다. 수많은 장애물을 넘고, 최악의 적들을 우아하게 제압하고, 결국 너는 승리한다. 겸손해라. 역사를 잊지 마라. 네가 어디에서 왔는지, 어디로 가는지 잊지 마라. 아프리카 오지와 정글, 표범들을 기억해라. 우리의 정신은 비열함의 사슬을 넘어서까지 도전하고 영향을 미친다는 것을 명심해라. 그것들은 위대하다. 죽음을 물리쳤기 때문이다. 피부로 들어라. 그 장면들을 이해할 수 있도록 그 속으로 완전히 빠져들어라. 그 장면들은 충성스럽고 지칠 줄 모르는 측량기사들과 같지. 그들이 너를 인도할 것이다.

그는 엄숙하고 품위 있는 동작으로 옷깃을 들어 올리더니 허리 부근에 나 있는 투명한 갈색 반점을 찾아낸다. 사나운 검은 표범 한 마리가 어느 날 그를 핥고 난 뒤 생긴 반점이었다. 그 이전에도 그의 아버지 역시 표범으로부터 같은 일을 겪은 적이 있었다. 나의 할아버지는 전설적인 사냥꾼이었지. 그가 무시무시하게 화가 나면 야수가 겁에 질려 오줌을 쌀 정도였어. 그 노여움이 마을에 천둥처럼 울리면 온 땅이 고개를 조아렸지. 동물들과 백인들까지도.

우리가 오기 오래전부터 이 나라의 주인은 표범들이었다는 걸 알아둬라. 처음엔 그들이 인정사정없이 우리를 쫓아냈지. 그러던 어느 날…… 누구도 그 일에 대해 더 이상 제대로 알지는 못한다. 얘야. 논리 따위는 멀찌감치 치워버려라. 그 일을 더 자세히 설명할 방도가 없다만, 분명한 건 한 가지, 오지에서, 정글에서, 우리들 중에 표범 인간이 다시 나타났다는 거다. 표범 인간들은 백 년 묵은 나무의 가장 높은 곳에 올라앉아 있었지. 야수가 그들을 보호해주고 젖도 먹여주었지. 표범의 눈빛은 거침없고 부드러웠어. 벨벳처럼 부드럽지만 죽음을 가져올 수도 있는 표범의 발이 그들을 고요히 어루만져주었단다. 우리의 역사는, 콩고라는 나라는 그렇게 시작되었다.

생기를 잃지 마라. 삶의 연금술이 너를 기다리고 있어. 산다는 건 높은 허공에서 곡예를 하는 것과 다를 바 없지. 새로운 여행을 할 때는 늘 정신을 바짝 차리고 있어야 한다. 너는 이 대륙들 위에, 이 세상과 시간 위에 있는 공중곡예사가 될 거야. 자부심 넘치는 올곧은 시선으로 웃어라. 그리고 삶을 사랑해라. 그것이 네가 가진 유일한 보물이니까. 우리의 과거로 돌아가야 해. 그렇지 않으면 미래는 없을 거다. 그 변화의 선구자가 되는 거다, 너는.

드리사도 함께 있었다. 그는 눈물을 글썽이면서 목을 축이듯 조상의 말을 들이마신다. 조상의 말에 매료되어 그는 영혼의 깊은 갈증을 토로한다. 그의 얼굴에 두려움과 불안이 뒤섞여 있는 걸 나는 본다. 미레유도 거기 있었다. 그의 말들은 그녀의 어린 시절을 달래주고, 그녀를 자신의 진정한 모습에 다가가게 함으로써 어쩌면 그녀의 어린 시절을 구원해주었을 것이다.

조상은 계속해서 말한다. 네 할아버지는 뭐라고 말씀하셨을까? 고집이 센데다 용기도 있었지. 그분은 매일매일 이어지는 죽음의 나날과 대학살을 피해 콩고와 대서양을 잇는 지옥에서 달아났어. 이 자폭테러 분자들아! 일해. 이 게으름뱅이 검둥이들아. 모든 것이 오늘에 와서는 이렇게 되고 말았구나. 이 밤에 경찰서에서, 너는 두 손으로 머리를 감싸 안고서 무슨 말을 해야 할지도 모르고 있구나. 어린애처럼 굴지 마라. 이젠 너무 늦었어!

3

눈물 콧물이 뒤섞여 입속에 찝찔하게 고여 있다. 나는 그것들을 뱉어낼 수도 없다. 입술 위로 침이, 피가 흐른다. 수사관은 한번 시작하면 가차 없이 두들겨 팬다. 무슨 착오가 있는 게 분명해요. 수사관님, 난 아무 짓도 하지 않았어요. 파티를 조금 즐겼을 뿐인데. 누굴 바보로 알아? 너였어. 널 본 사람이 한둘이 아니야. 증인들이 있어.

수사관은 내 말은 들은 척도 않는다. 이것도 그가 받은 직업 교육의 하나겠지. 벌겋게 달아오른 그 얼굴! 이제 그만했으면 좋겠다. 나는 드러눕고 싶다. 너무 많이 마셨다. 욕지기가 몸 안에 솟구친다. 그 느낌을 떨칠 수 없다. 그럴 수가 없다. 몸을 제대로 움직이기도 어렵다. 수많은 장면이 뒤섞이고, 그 모든 것이 뇌와 눈 사이로 몰려들어 불투명한 덩어리로 쌓이는 것 같다. 벌써 아까부터 내 몸은 뜻대로 움직이지 않고 있다. 제복을 입은 여경이 수사관을 진정시키려고 한다. 영화에서 이런 장면을 본 적이 있지. 한 놈은 나쁜 역 또 한 놈은 친절한 역. 검은 고양이 같은 수사관. 네놈은 비수를 든 공격자거나 아니면 찌꺼기나 주워 먹는 독수리거나. 여경이 그를 만류한다. 그가 날 죽일지도 모른다. 제발 휴식을. 안 그러면 난 폭발하겠어!

　순경 아줌마. 시민을 고문하는 것보다 더 괜찮은 일을 찾을 순 없었던 거야? 몸을 꽉 조이고 있는 푸른색 바지는 그녀에게 전혀 어울리지 않을 뿐 아니라, 엉덩이에서 다리로 이어지는 부분을 납작하고 추한 네모처럼 보이게 했다. 그럼에도 그녀는 아름답다. 나는 그녀를 뚫어지게 바라본다. 조상님이 내게 가르쳐준 대로, 내게 헌신하고 있는 그 이면에 도사린 그녀의 마음을 헤아려보려고. 자, 여순경님, 합법적인 폭력의 가면은 그만 벗어. 수사관과는 다르잖아. 당신의 얼굴은 원래는 기쁨이 가득한데, 잘못 고른 옷을 입혀놓으니 그 영혼이 메말라버렸잖아. 나는 너를 증오해, 수사관. 오늘 내일은 그에게는 축제의 날, 그는 초라한 자신의 은신처에서 나온다. 이 거리에 너는 없어. 나는 널 보지 못하고 지나가지. 지금은 그가 날 구속해. 그자는 자기 넥타이를 고쳐 맨다. 심지어 그런 데서 흥분을 느낄 게 틀림없어. 늑대의 시간이 울렸다.

　너도 그렇지, 수사관. 나도 마찬가지야. 어느 공간에서도 널 알아볼 수 있어. 이봐, 너도 알잖아. 나에게 신비로운 능력이 흐르고 있다는 걸. 나는 네가 숫기 없고 서투른 애송이라는 걸 진작 알아봤어. 작달막한 키에 왜소한 몸이 너의 콤플렉스지? 그 녀석은 오래

전부터 음울하게 네 주변을 맴돌면서 떨어져 나가지도 않잖아. 외로운 밤 너의 신음, 다리 사이에 붙박인 네 손가락, 더럽혀진 시트, 그리고 눈물. 너는 아무 저항도 할 수 없는 벌레들을 무자비하게 발로 짓이겨 괴롭히는 그런 아이야. 네 머릿속에는 불건전한 쾌락이 가득해. 난 그걸 알고 있지. 그만할게. 간단한 얘기야. 너는 표독스러워. 네가 빼앗은 권리들로 조약을 만들고 그걸 신봉하면서 나에게 설욕하겠다고 이를 가는 거지. 너는 소외되고 사랑받지 못했어. 너도 이런 심술이 수치스럽지? 그게 너를 외롭게 만드는 거야. 이상하게도 한편으론 만족감을 느끼게 해주면서 말이야. 사형집행인의 쾌감이랄까. 남을 멸시하고 빈정대는 무리처럼 너는 타인을 만들어냈어. 맨 앞줄에 혼자 있구나. 너는 무리 중에 가장 악독한 놈이야. 너는 매일 아침마다 달아날 수 있는 가장 먼 곳까지 달아나지. 단단한 무기가 똑같은 박자로 엉덩이춤에 부딪칠 때마다 네 인생이 차갑고도 안락하다고 여기면서 말이야.

이따위 인물을 두려워해야 하다니, 지금 이 순간 그보다 더 가혹한 일이 있을까! 그는 나에 대해 혹은 나를 닮은 누군가에 대해 말하려고 한다. 그는 속속들이 교육받았던 무수한 것들에 대해 말한다. 주장하고 억측한다. 그런데 무슨 얘기인지 난 하나도 모르겠어. 날 좀 가만히 내버려 둬. 머리가 깨질 것 같아. 이 성가신 경찰관 새끼, 지직대는 레코드 같아. 세상이 그런 게 아냐. 너희네 형법, 성경, 오후 1시 밥 먹기 전의 술 한잔, 축구와 일기예보 사이에 너희가 매일 같이 듣는 뉴스들, 곱슬머리의 시커먼 젊은 애들이 와글거리는 소리, 그게 다가 아니라고. 네가 못 참겠는 그 녀석들, 아무 데서나 몸을 파는 어린 여자애들을 기억하지 않아도, 네가 일요일에 장모와 바비큐 파티를 하는 데엔 아무 문제 없어. 잘 봐. 나를. 내게도 가족이 있어. 잘 지내는지 안부라도 물어보렴. 이왕이면 웃음을 띠고 말이야. 인생이 그런 게 아니잖아. 네가 꼬박꼬박 다니는 교회, 시골에 울리는 종소리, 깨끗한 새 옷을 입고 모두가 행복하지. 거기에 섞여서 나는 그에게 이런 이야기들을 하지, 상냥하게는 아니지만. 당신네 마을을 상상해봐. 나는 일어난다. 나를 붙잡지 마. 눈을 크게 떠봐.

이 광경은 나름 매우 특별하다. 인류사를 뒤흔든 일이라고 할 만하지. 할아버지의 할아버지 때부터 서로 알고 지내던 마을이야. 친구들을 만나러 동네 술집에 가기 전에 처남네 빵 가게에 들러 바게트를 팔에 끼고 나오면서 인사를 나누던 그런 조용한 시골 마을에 브레이크가 달리고, 기계공학, 수력학, 정보학 등등 온갖 첨단기술을 동원해 만든 금속 괴물이 나타난 것이다. 이곳의 평온함을 어쩌면 영원히 돌이킬 수 없게 갈기갈기 찢어놓은 RER의 위용. 모든 것이 거기에 집약되어 있다. 시청 앞 광장에 서 있는 프랑스를 위해 죽어간 어린이 기념물과 휘날리는 삼색기의 발치에 강철로 된 이 거대한 물체가 들이닥친다. 그것은 음란한 스프레이 낙서와 알아보기 어려운 지저분한 기호들로 뒤덮여 있으며, 너의 소중한 동네에 온갖 피부색과 종교를, 인간들을 화물처럼 부려놓는다. 주중의 평일처럼 그것은 사이렌 소리를 내며 문을 열어젖히고, 18시간의 할당량을 조용히 쏟아낸다. 그 안에서 화려한 차림새의 이방인들, 야구 모자를 거꾸로 쓴 무리가 흘러나온다. 그들은 쿠스쿠스와 마페[1]의 향연을 벌이러 오고, 베일을 쓴 여인들은 손을 입에 댔다 뗐다 하며 찢어지는 듯한 날카로운 소리를 낸다. 기타는 강렬하게 킨샤사 풍으로 나링이요[2]의 정열적인 리듬을 연주하고, 선풍기 앞에서 흑인들은 현란한 옷의 향연을 벌이며 춤을 춘다. 무기력하게 걸어가는 엄마들, 그 뒤를 따르는 시끄러운 코흘리개 아이들, 한 명은 팔에 안고, 또 하나는 등에 업고, 쌍둥이 중 하나는 품에 안고, 머리에 또 하나를 이고. 몸에 달라붙는 짧은 옷을 입은 처녀애들은 터질 듯이 팽팽한 엉덩이를 흔들며 걷는다. 그녀들 몸의 굴곡은 사제를 흥분시킬 만큼 강렬하다. 가족수당을 받으러 온 기름기 낀 검은 곱슬머리들. 자, 수사관님. 차표 한 장 사서 우리 집으로 와봐요. 걱정할 건 없어. 내가 손잡아 줄 테니 우리나라로 가자고요. 표범들의 나라. 나무가 하늘 가까이 뻗은 나라. 가는 길에 아파트 로비에 지루해하는 사람들이 널려 있는 내 행성에도 들릅시다. 죽은 이들과 어깨를 나란히 하고 살고 있는 그곳에 당신을 데려가 줄게. 그들이 나와 이야기를 나누는 것처럼 당신도 직접 그들과 이야기할 수 있게 가르쳐줄게. 그러면 당신은 눈을 감겠지, 빛을 보려고. 그래 거기 당신 앞에, 이마 몇 센티미터 앞에! 나는 당신한테 미레유와 내 입안에서 능숙하게 움직이던 그녀의 손가락 이야기를 해줄 거야.

최근에 도착한 여행객 중에 카멜의 모습도 보인다. 공원의 모래 사장에서 놀 때부터 그를 알고 있지. 그는 코란을 손에 들고 위엄 있게 내린다. 그는 수염을 길게 기르고 구약 성서에 나오는 족장처럼 시대에 맞지 않는 의상을 입고 있다. 겉모습만 보아선 이 세상 전체를 구원하고도 남을 법하다. 그러나 가죽 슬리퍼를 걸친 그의 발걸음은 확신이 없어 보인다. 회교 사원으로 가는 길을 이제 막 알아낸 탓이겠지. 이 지상에 자신의 의지와 다른 의지가 존재한다는 사실을 어린 시절 한 번도 배우지 못했던 그에게 있어 이것은 진정한 기적이다.

드리사 역시 보기 좋게 웃는 모습으로 시청 광장에 도착한다. 그 일대에서 드리사는 눈에 확 띈다. 사회 문제로 대두하는 빈민 지역의 젊은 이민자라는 걸 여지없이 드러내는 차림새다. 게다가 정신적으로 불안정해 보이기까지 한다. 드리사, 나는 깊은 한숨을 내쉰다. 나의 친구, 나의 형제, 나의 안식처. 동네의 조무래기들은 그가 미쳤다고 이야기한다. 살균된 흰 작업복을 입은 사람들이 정신병자 환자복을 입혀 그를 데려갈 때, 아이들은 그 음울한 행렬 주위에서 춤을 추었다. 어떤 아이들은 이상한 춤을 추며 몸까지 뒤틀었다. 다른 아이들은 리듬에 맞춰 손뼉을 쳤다. 오늘은 축제의 날, 한 어머니가 슬픔에 울부짖는다. 그녀는 극도로 흥분하여 자기 옷을 하나씩 벗어던지며 눈물을 흩뿌린다. 머리는 온통 헝클어진다. 드리사, 드리사! 거의 옷을 다 벗다시피 한 여자는 땅바닥에 무릎을 꿇고, 팔을 하늘로 치켜 들었다가 다시 내린다. 그녀는 이 동작을 반복한다. 두 번, 열 번, 그보다 더 많이. 마침내 그녀에겐 고통과 고요만이 남는다. 경찰들이 마술사인 그의 삼촌을 단단히 붙잡는다. 그 장면의 증인이지만 아무런 힘이 없는. 드리사? 드리사, 네게 무슨 일이 일어난 거니?

수사관 양반, 그러지 말고 생각 좀 해봐. 내가 얘기한 이 모든 것들을. 이게 너의 신조를 위협하는 거라고? 못 알아듣는 척하는 거지? 손으로 관자놀이를 지그시 누르면서 말이야. 너, 그 제복을 벗어봐. 그 제모도. 축제를 즐겨보자고! 악마들과 물의 마녀 마미 와타[3]와 함께. 최고 속력으로 출발! 신천지 같은 현기증을 느껴보려 용기를 내봐. 온 힘을 다해서 네가 확실하다고 믿는 것들에서 조금이라도 멀어져보라고!

나는 절규하며 몸부림친다. 다섯 명이 달려들어 담배꽁초가 수북한 바닥 위에 나를 잡아 눌렀다. 이 새끼 단단히 미쳤군. 말 좀 하게 해줘. 드디어 할 말이 생각났어. 한 번만, 제발, 아무한테도 해를 끼치지 않아. 돌아버리겠네. 이놈을 감방으로 데려가!

감방은 더럽고 악취가 난다. 그들은 코가 바닥에 박히도록 등 뒤쪽으로 수갑을 채웠다. 나는 드리사 생각에서 벗어날 수가 없다. 그가 내 아버지의 이야기를 들으러 집에 왔던 기억이 난다. 그는 겁을 냈지만 매번 다시 찾아오곤 했다. 벽 가까이에서 밤마다 벌거벗고 춤을 추는 영혼들의 이야기를 유난히 좋아했지. 네가 입을 다물고 그 영혼들을 몰래 엿본다면 그들이 너를 스쳐 가는 걸 느낄 수 있을 거야. 특히 팔뚝 쪽에 말이야. 영혼들은 상냥하고 선하단다. 우리가 태어나서 죽을 때까지 함께해주지. 죽고 나면 우리도 그들과 한 무리가 되는 거야. 잊지 않았다고 내게 말해줘. 드리사, 넌 그럴 수 없어! 너는 우리에게, 미레유에게 또 나에게 말했지. 우리가 전투비행함대 같았다고. 임무를 완수하기 위해 활공하고, 비행하고, 돌진하는 그런 전투비행함대. 너는 그처럼 초라하고 비굴한 모습을 보여선 안 돼. 형제들, 자매들, 먼 옛날의 영혼들, 그리고 고국에 남아 있는 모든 이들을 위해서. 고개를 들어! 내 팔에 안겨 펑펑 우는 건 그만!

그때가 언제였지? 어제였나? 작년이었나? 내가 역에서 너를 마중했지. 그리고 에펠탑의 엘리베이터에서 너는 몸을 떨며 울기 시작했어. 내가 옆에 있어. 머리를 들어. 절대로 소리 지르면 안 돼. 소리를 낮춰, 모든 사람이 네 소리를 듣잖아. 죄송합니다. 부인, 고의로 이러는 게 아니에요. 구조원을 부르지 마세요. 경찰도요. 이 친구는 드리사라고 합니다. 얘의 삼촌은 주술사지요. 그분은 맘씨가 좋아요. 사람을 치료하고 도와줍니다. 그들은 우리 동네 출신이에요. 그의 아버지는 시청 공무원이고 도로관리과에 있어요. 여름이나 겨울이나 한결같이 몸이 상할 지경으로 일하지요. 집에 돌아오면 쉬어야 해요. 이해하시겠어요? 몸이 너무 고통스러우니까. 그의 아내는 남편에게 방해가 될 만한 건 모조리 쫓아내지요. 자기 나라에 있는 온 가족의 생활비를 그 사람 혼자 다 버는 거예요. 정말입니다. 그의 두 번째 부인을 프랑스에 오게 할 수가 없었어요. 부인이 여럿이라니, 그런 난잡함은 용납되지 않으니까요. 그는 드리사나 다른 자녀와 거의 이야기를 나누지도 않아요. 신경 쓰지 마세요. 신사숙녀 여러분, 그는 난폭하지 않아요. 그에게 문제가 있다면 질문이 너무 많다는 것, 그의 영혼 안에 항아리처럼 깊고 우묵한 뭔가가 있다는 것뿐입니다. 믿어주세요. 금방 괜찮아질 거예요. 고맙습니다.

357호 경찰차가 우리 바로 옆에 멈췄다. 나는 몸이 오그라든 상태로 시끄럽고 격렬한 흐느낌에 사로잡힌 드리사를 부축하고 서 있었고, 구경꾼들은 염려스러우면서도 한편은 호기심 어린 눈초리로 몇 미터 떨어진 곳에서 우리를 지켜보고 있었다. 경찰차 문이 열렸다. 나는 주먹질, 무력 체포 같은 최악의 사태가 일어날 것에 대비하고 있었다. 외로운 자기 별에서 멀리 떨어진 궤도를 돌고 있는 드리사는 마치 조난자가 운 좋게 뗏목을 붙잡고 있듯이 나를 붙들고 있었다. 사법 경찰관은 공공대로에서 소란이 벌어지고 있다는 연락을 받았다고 말했다. 내 말을 믿을까 말까 주저하고 있다는 것이 그의 눈빛에서 느껴졌다. 그는 곤봉 언저리에서 손을 떼지 못한다. 나는 그에게 설명한다. 이 사람은 드리사이며, 마약중독자가 아니라고. 신경장애를 겪고 있다고. 그에게 바람을 조금 쐬어주려고 했는데, 이렇게 예기치 않은 일이 벌어졌다고. 그로부터 몇 초간 무거운 분위기가 이어졌다. 드리사는 자기를 통제할 분별력이 없어서 오래전부터 정상적인 생활을 포기하고 있었다. 그는 아무 말도 하지 않았고, 그 덕에 상황은 더 이상 악화하지 않았다. 이윽고 경관은 그의 어깨에 손을 얹고 부드럽게 우리의 주소를 묻는다. 아니, 친형제는 아닙니다. 우리를 데려다 주겠다는 그의 제안을 나는 정중하게 사양한다. 경찰의 라이트밴에서 히스테리를 부리는 드리사를 상상했기 때문이다. 파스칼 프로망 경관은 상황을 이해하고 안심한 듯, 어서 집으로 돌아가라고 충고했다. 여기 있지 마세요. 아버지 같은 그의 손이 내 목덜미를 짚는다. 어서 가요. 친구를 조심시키고! 이런 일 자주 봤어요. 자, 잘 추슬러요. 괜찮을 겁니다.

그랬었는데, 오늘 내가 감옥에 있다니. 나는 48시간 째 엄중한 감시를 받고 있다. 그들은 내 허리띠, 신발 끈과 구두를 모두 뺏어갔다. 서 있으려면 손으로 바지를 붙잡아야 한다. 그들은 내가 토해 놓은 것을 치워주지도 않고 역하기 짝이 없게 그대로 남겨놓았다. 내 옷에 달라붙어 있는 모든 종류의 물질들은 애초에 무엇이었는지 알아볼 수도 없다. 무능한 사디스트, 고문을 일삼는 인종차별주의 일당. 격리되거나 뺨을 얻어맞은 것도 아닌데도, 이 이상하게 생긴 자물쇠 하나가 내게 고통, 두려움, 분노를 끝없이 자아내고 있다. 내 주변에는 아무것도 없다. 의자도 테이블도. 오직 내 머릿속 가득 희미함만이 있을 뿐. 나는 일어났을 법한 일들을 기억해보려 애쓰지만, 무서운 공백 외엔 아무것도 없다. 나는 지나간 장면들에 매달린다. 나는 도피해버린다.

어린 시절, 드리사와 내가 다니던 동네 빵집이 있었다. 거기 주인아줌마는 우리에게 웃으며 말했다. 너희들 곱슬머리가 귀여워. 그녀는 우리의 숱이 많은 머리와 뺨을 어루만지며 선물로 사탕을 주곤 했지. 고맙습니다, 아줌마. 흰 블라우스 속 그녀의 풍만한 가슴에 나는 매혹되었다. 아줌마, 난 아줌마를 언제까지나 좋아할 거예요. 열서너 살이 되자, 우리는 이방인이 되었고, 범죄자, '통합되어야 할 이민자', 불법 노동자가 되었고, 정치적으로는 톨레랑스의 한계점을 시험하는 존재가 되었다.

빵집 아줌마에게 있어 우리의 얼굴은 관여하고 싶지 않은 불행한 세계를 의미하는 것이었다. 그리하여 바로 그녀가 우리를 감시하고, 불신의 눈초리로 바라본다. 그녀도 이 수사관을 잘 알고 있을 것임에 틀림없다. 그들은 같은 학교에 다녔을 것이다. 자기 집 문을 쾅 닫는 법을 제1조로 배우는 바로 그 학교에.

그녀는 우리를 찬찬히 훑어보고, 첫눈에 문제아나 위험인물로 여겼다. 여기는 어떻게 왔지? 무슨 일이니? 세월이 흘러도 빵집 아줌마가 변하지 않았더라면 드리사가 번번이 화가 나서 날뛰는 않았을 텐데. 그래도 내색하지 않고 계속 미소를 지었어야 했는데. 그러나 요즈음 드리사는 항상 무언가를 뚫어지게 노려보다가 어디 있든 관계없이 잠에 빠져들어 버리곤 한다.

그가 입을 열어 무슨 말을 하기 시작하면 나는 그가 정말로 미쳤다는 느낌을 받는다. 그의 눈에는 너무도 많은 의문이 보이는 게 분명하다. 게다가 그 의문들은 "아, 좋아요. 알겠어요."라며 상대방을 안심시키는 기분 좋고 단순명료한 대답을 얻고 떠날 수 있는 그런 것들이 아니었다. 그런 것이 아니었다. 그것들은 지치지도 않고, 악착스럽게 따라다니며 출구를 찾지 못해 빙빙 돌고, 그러면서 점점 더 강하고 끈질기게 지속하고 버틴다. 드리사가 약 때문에 초점을 잃은 눈을 두리번거릴 때면 그는 분명히 그 의문들을 거듭 쫓고 또 쫓아다니는 중이었다. 우리는 친구였다. 서로서로 의지했다. 나는 너의 병풍이고 너는 나의 방패막이. 내가 너의 눈물을 멎게 해줄게. 우리는 정신착란을 이해하려는 노력은 포기했다. 제정신인지 아닌지 판단하는 일은 접어두고, 우리는 그저 함께 나아간다. 우리를 조금만 격려해다오.

학교에서 그는 쾌활했지만, 질문들을 전혀 알아듣지 못하고 하나도 답을 하지 못해서 여선생님의 화를 돋웠다. 놀라서 움츠러든 그는 입술을 살짝 오므리고 참을성 있게 다음 질문을 기다렸다. 절대로 그는 그 질문들을 이해하려고 애써서는 안 되는 것이었다. 절대로. 그렇게 애를 썼기 때문에 정신을 놓게 된 것이 아닐까 나는 생각한다. 왜냐하면 어느 날엔가 그 질문들은 그의 피부 안쪽 어디론가 파고 들어가 몸 한가운데에 둥지를 틀어 자리를 잡고, 모든 것을 토막토막 끊어버렸기 때문이다. 넌 어디에서 왔니? 너희 문화에 대해 알고 있니? 돈은 있니? 직업이 뭐지? 너희 삼촌은 왜 그렇게 이상하지? 또 무슨 수작을 부리는 거니? 승차권은? 체류증은? 신분증 검사. 당신 누구야?

그를 예뻐했던 담임선생은 그에게 고국에 대해 이야기해보라고 주문했다. 그는 칠판 앞으로 나가 아이들 쪽으로 몸을 돌렸다. 무슨 말을 해야 할지 몰랐기에 그는 웃었고, 전해오는 조상 이야기 두세 가지를 알아듣기 어려울 정도로 빠르게 읊었고, 그다음엔 한쪽엔 사자, 다른 쪽엔 바나나 나무가 있는, 전날 텔레비전에서 보았던 테라코타로 지은 마을이 자기 고향인 듯 지어내 이야기했다. 그는 반 아이들이 편견을 가질 만한 이야기는 되도록 피하려고 주의했다. 안 그랬으면 야만적이라거나 바보스럽다는 말을 들었을 테니까. 나중에 드리사가 입을 다물고 있으면 모든 사람이 불만스러워했다. 아, 드리사, 너도 우리 선생님 같은 분을 만났더라면 좋았을 텐데. 그녀는 내 공책을 가져가고선 나한테는 몇 발자국 떨어져 있으라고 명령했지. 이러고 싶진 않지만, 애야. 너도 알지? 나는 이 냄새가 익숙하질 않구나. 그녀는 얼굴을 돌리면서 우아한 몸짓으로 손바닥으로 코와 입을 막았다. 나는 어린아이가 가질 법한 열렬한 기대를 품고 선생님을 바라보았다. 선생님이 좋았다. 웃는 모습이 마치 장미가 피어나는 것 같다는 표현까지는 굳이 쓰지 않더라도, 그녀는 참으로 섬세하였다. 그래서 나는 현명하고 참을성 있게 그녀에게서 몇 미터 떨어져 있었다. 착하구나, 애야.

우습다. 어제까지만 해도 그녀와 나의 거리는 몇 발자국에 불과했는데, 수사관과 불우한 나의 동네 사이에, 제복과 나의 비탄 사이에 오늘은 쇠창살이라니. 미레유가 들었더라면 좋아라 하겠지…….

미레유, 아 미레유. 생미셸 광장에서 만나기로 너와 약속했지. 너의 꽃무늬 원피스, 그 안에서 배어 나오는 너의 향기. 나는 거기 빠져버렸어. 네 입술에서 따스한 빗물 맛이, 감미로운 독의 맛이 나. 내 입술에 짓궂게 닿는 네 입술, 그 부드러운 입맞춤. 그건 연인들의 포도주 맛이지. 우리의 왕국 파리, 함께 있다는 그 한 가지만으로 우리는 파리를 정복했지. 그 도시가 우리에게 문을 열었어. 미레유, 아 미레유. 나는 쓰러졌어, 미레유. 날개 부러진 한 마리 매, 붙잡힌 야수. 나는 감옥에 있어, 미레유. 더럽혀져서, 아주 낮은 곳으로 떨어졌어. 나의 사랑, 나의 비밀. 미레유, 아 미레유! 사랑이 뭐지, 미레유? 너의 축축한 꽃잎을 더듬는 나의 혀, 네가 숨을 몰아쉬며 말해. 아니, 거기 말고. 너는 눈을 살며시 감지. 네 입술이 살짝 떨리고, 그러곤 내 머리를 잡은 네 손가락이 격렬하게 경련을 일으키며 내 얼굴을 조여들지. 너의 구석구석이 무거운 내 몸 아래에서 타오르며 천천히 녹아버리지. 미레유는 그렇게 표면과 이면 사이를 오가고, 네가 일으키는 폭풍우에 휩싸여 나의 욕망은 비틀거려. 너는 속삭인다. 계속해. 계속. 나는 놀라운 파국으로 서둘러 우리를 이끌어간다. 너는 고함과 한숨의 교향악을 만들어낸다. 그것은 연인들의 찬가. 너를 사랑해라는 말은 절대 하지 마. 너한테는 너무 진부한 말이야. 미레유, 파리의 지붕들 위, 나의 10층 방에서의 오후. 노르스름한 햇빛이 벗은 네 몸을 비추지. 네 몸을 장식한 진주 같은 땀방울. 그건 연인들의 보석.

너무도 창백한, 내 눈에는 거의 투명하게까지 보이는 네 피부에 나는 숭배의 의식을 바치기 시작했다. 특히 그녀의 가슴에 드러난 푸른 핏줄. 나는 혀끝으로 부드럽게 그 줄기를 따라갔지. 그녀가 가장 좋아하던 장난이었어. 즐거움의 향내와 웃음을 섞은 칵테일을 마시는 기분이었지. 어렸을 적엔 백인들 피부에 비치는 핏줄을 볼 때마다 불쾌했어. 나는 그 이야기를 수천 번 했고, 그때마다 그녀는 부드럽게 미소 지으며 머리를 끄덕였다.

나의 토요일의 여왕, 나는 네 안에서 퍼진다. 모든 것이 빛나는 바로 그 순간 너는 내 눈을 보고 싶어 했지. 너는 나를 빤히 바라보고 깊이 한숨을 쉬었어. 너의 눈 속은 11월이었고, 초록이었고, 갈색이었고, 회색이었어. 가슴 위로 솟은 젖꼭지가 너의 손가락 아래로 소스라치듯 단단해졌어. 내 입술은 바르르 떨리고, 눈이 번쩍 떠졌어, 마치 눈꺼풀 아래로 새하얀 초승달이 뜬 것처럼. 바로 거기 있었어, 네가 빼앗아 갈 것이. 그 말을 하며 너는 얼굴을 붉혔지. 너는 내 시선을 피해 겨드랑이 밑으로 숨었어, 흐드러진 이 향기로 빠져 들어가듯. 그것은 연인들에겐 환각제!

미레유, 미레유, 미레유, 너의 복부 아래 두텁고 검은 그늘 밑에서 타오르는 격정, 내겐 무엇과도 바꿀 수 없는 보물이야. 위아래로 단단히 얽힌 채로 우리는 육체의 끄트머리까지 갔지. 그리고 금지된 모든 것을 함께 순례했어. 우리 조금 쉴까. 더 많은 사랑을 또 나누기 위해. 난 바보 같은 짓을 했어, 미레유. 내 사랑, 난 길을 잃었어.

복도에서 그들이 오는 소리가 들린다. 제복을 입고 온갖 질문거리를 들고, 성큼성큼 그들이 도착한다. 공공질서 위반, 범죄, 난폭행위. 이건 보나 마나 악몽이야. 전화기는 어디 있지? 엄마에게 어서 전화를 걸어야 해. 그녀의 슬픔이 느껴진다. 엄마 생각에 가슴이 불에 덴 것처럼 아프다.

다시 조금만 더 미레유, 네 이야기를, 우리 이야기를 조금만 더 하자. 지금 이 순간 나를 구원해줄 수 있는 건 그것밖에 없어. 그때처럼, 그때도 이미 그랬듯이. 매트리스에 누워 잠든 네 모습이 다시 보인다. 햇빛이 눈처럼 흰 네 뒷모습을, 너의 둥글고 풍만한 육체를 적신다. 보물 같은 너의 액체에 감싸여서 나는 얼마나 평화로웠는지. 그 보물들은 빛이 나. 나를 눈부시게 해. 나를 영원히 행복하게 만드는 공간은 바로 거기야. 내 삶이 시작되는 거의 첫 순간부터 너는 그 안에 깃들어 있었던 거야. 너는 나를 너의 매라고 불렀어. 왔다가, 또다시 왔다가, 결국에는 자기 둥지에서 도망치는 매. 이 내밀한 상처를 네 배 속 깊숙한 곳에서 가라앉히려는 거지. 그들이 다시 오고 있어, 미레유. 너에 대해, 우리가 처음 깡충거리며 뛰던 날에 대해 다시 이야기해줘. 우리가 그렇게 어렸을 때, 수줍음 많고 서툴렀을 때, 우리는 입맞춤을 훔쳤지. 사랑을 나눌 만한 곳은 그 어디에도 없었어. 그해에는 비가 정말 많이 내렸어. 영화 값은 비쌌고, 공원 바닥은 축축했지. 지하실에서 너는 아니라고 말했고 오래 울었어. 제발 미레유, 나를 용서해야 해. 그건 그 동네의 책임이야. 사내애들은 영리하지 않아. 그렇지만 악의가 있는 것도 아니야. 나는 다른 녀석이 된 것처럼 굴지 말고 그저 네 말을 잘 들었어야 했는데. 아니 그보다도 참을성이 더 있어야 했는데.

우리 둘은 정말 아름다웠어. 모든 것이 산산이 부서지고 나니 이제 알겠어. 숫기 없던 나의 사랑, 절제할 수가 없었어. 내 가슴팍에 안긴 그녀의 따뜻한 숨결, 너의 피부는 아름다워. 너도 그걸 제대로 느낄 수 있다면! 그녀는 자신의 입술로, 작고 동그란 단단한 가슴으로, 가슴에 피어난 긴장한 갈색 꽃송이로 내 몸을 애무하며 찬사를 보냈다. 하나가 되고 싶은 욕망. 그녀는 그것을 내 피부와 머리카락 구석구석에 세심하게 색칠해주었지. 이미 몹시 흥분한 나는 매료되어 그녀가 완전히 몰두하는 것을 바라보았다. 언젠가, 이 피부를 나는 가둬버릴 거야. 그녀를 짜증 나게 하는 나의 이 기도. 그녀의 혀는 점점 더 능숙해진다. 네 입술로 나를 꼭 가두어줘……. 검은, 팽팽히 긴장된, 타오르는 사랑. 네 얼굴에 나타나는 비죽거림, 그건 고통을 담그며 차오르는 밀물의 표시. 황홀, 그 놀라운 느낌. 쾌락이 금기를 쓸어가 버릴 때, 오직 좋은 것만 남겨지지. 한번은 그녀가 자기 부모님의 음울하고 차가운 식당 테이블 위에서 관계해야 한다고 주장했고, 어머니 아버지의 근엄한 그림자 앞에서 짐승 같은 고함을 지르며 그녀는 그렇게 몸을 내맡겼다. 미레유에게 이것은 예식을 치르는 행위였고 이로써 그녀는 자신을 짓눌렀던 모든 금기를 산산조각냈다. 그녀는 해방되었어. 미레유, 우리가 서로의 육체에 사로잡혔던 그 시간 동안 우리 어린 시절의 목가는 잊을 수 없는 후렴구가 되었어. 살살 다루는 건 싫어. 무슨 짓이든 견딜 수 있어. 미레유는 내게 애원했다. 내 목을 깨물어줘. 어떤 느낌일지 알고 싶어. 가장 아름다웠던 우리의 장난을 끝내면서, 그녀는 내 앞에 무릎을 꿇고 발에 입을 맞추었어. 그 자리에서 그녀는, 미레유는 흥얼거리며 노래를 불렀어. 카르멘의 노래를!

그래요, 수사관 양반, 이게 내 인생이야. 나를 거칠게 때릴 순 있겠지. 그렇지만 결코 내 인생을 가두어버릴 수는 없어. 열쇠는 주머니에 잘 넣어두시지.

나는 사랑했고, 나는 웃었고, 나는 울었어. 내 말 잘 들어. 조상님,조상님도 잘 들으세요, 내가 항상 꺾였던 것은 아니에요. 왜냐하면 사랑은 말입니다, 빼앗아 가기도 하지만 주기도 하니까요. 이 매력, 이 현기증뿐 아니라, 느낄 수 있는 가장 아름다운 곳으로도 가장 비참한 곳으로도 우리를 데려가는 가벼운 재앙의 기분도 가져다줍니다. 그러니 모든 마법 가운데에서도 가장 위대한 것이지요. 미레유와 함께 우리의 이야기를 다시 더듬어가면서 나는 여기저기에서 그것들을 보았어요. 시간만큼이나 오래된 장난꾸러기 영혼들을, 오르가슴에 동반되는 신비로움을. 그것들은 우리 주변에서 춤을 추었고, 비웃기도 했죠. 호기심에 차서 그들은 우리에게 힘을 주었고, 더 많은 욕망을 주기도 했어요.

그런데 지금은 캄캄해, 미레유. 나는 감옥이 무서워. 저편에선 비역질을 하는 것 같아!

자, 이제 시시한 허풍은 그만 떨고 우리를 따라와. 잠깐 수갑을 채우겠다. 나는 악질 수사관의 성질을, 나에 대해서, 또 무슨 일이 벌어졌는지에 대해서 모든 것을 알고 싶어 하는 그의 태도를 상상한다. 뭐라도 자백해. 이런 일은 그의 불안을 달래준다. 잘했어, 경찰 아저씨, 당신 궤양에 딱 어울려. 네가 자백하라는 것에 대해 아직 털끝만큼도 생각 안 했는데 나는 벌써 지쳐 떨어졌어. 숨 좀 쉬게, 햇빛이라도 좀 보게 창문 한쪽이라도 열면 안 될까? 지금 몇 시야? 이 사람들은 어째서 나한테 항상 분별 있게 뭔가를 대답하라고 요구하는 거지? 너는 아프리카에서 왔니? 네 미래에 대해서 생각해봤어?

네가 겁을 낼 이유는 하나도 없어. 나는 지금 수갑을 차고 있고 제복을 입은 네 명의 경찰에게 둘러싸여 있잖아. 환각에 빠져 제풀에 몸부림치고 있지. 나는 좀비처럼 목적지도 없이 돌아다녀. 찌꺼기나 주워 먹는 저런 놈 집에 시도 때도 없이 은밀히 찾아갈 수도 있어. 경찰 양반, 내가 너한테 그처럼 훼방을 놓을 이유가 뭐가 있겠어? 신분증, 그것 때문에 걱정을 끼친 것 같군. 체류증, 아 프랑스인이시군요? 유색인종인 죄, 주머니에 있는 것 다 꺼내봐. 너 칼 가지고 있어? 너라면 어떻게 자신을 보호할 건데?

간수 양반, 나도 평화를 원해. 꽃이 피어 있는 오솔길, 미소, "안녕, 아가씨?", "안녕하세요, 부인?" 하며 인사 나눌 수 있는 평화를 원한다구. 계단에서 침 뱉고, 술꾼들과 대놓고 싸우고, 공터에 널린 주사기와 온갖 사건들로 범벅이 돼버리는 토요일 저녁. 그런 것들은 더 이상 원하지 않아. 경마, 담배, 술, 그런 가게들은 다들 문 닫으세요. 우리 아버지들이 집에서 저녁을 드시게 말이야. 나도 내 인생의 청사진을 갖고 싶어. 공원에서 산책하고, 차고 앞에 멋진 차를 세워 놓고, 싱그러운 초록 잔디밭과 여름 정원도 가꾸고. 당신이 내 말을 듣지 못하는 게 유감이군. 수사관 양반, 거기에서라면 당신한테 제대로 자백할 게 있었는데 말이야!

4

  문이 닫혔다. 새로운 방, 흰 가운을 입은 의료진이 내 앞에 앉아
있다. 나는 속사포처럼 쏟아져 나올 처음 질문들을 기다린다. 툭하
면 일탈 행위라고 몰아가는 자들과는 또 다른 광기가 나를 기다린
다. 드리사 생각이 간절하게 날 거야. 그도 이런 일을 겪었지. 형제
여 나를 도와줘. 내 곁에 있어줘. 내가 지금 제정신이라면. 가운데
에 앉아 있는 적갈색 수염을 기른 남자를 아주 조심해야 해. 어찌나
부드럽게 대해주는지, 감시를 받는 주제인데도 편안하다고 느끼게
하는 재주가 있거든. 그의 말은 알아듣기 쉽고 부드러워서 수사관
의 개 짖는 소리 같은 고함마저 가라앉힌다. 그런 지경이니, "네가
나한테 하고 싶은 짓이 있어도 다 참아라."라고 그가 나에게 경고한
것도 적절하다고 느껴질 판이야. 어쨌든 나는 너한테 아무 말도 하
지 않을 거야. 오직 내 머리 깊은 곳에 있는 것만 말할 거다. 저자는
분명히 자기 여편네와 잠자리하는 걸 좋아할 테지, 공들여 가꾼 저
손으로 말이야. 미레유와 함께 있던, 아름답던 시절의 나를 저자가

봤어야 했는데. 생탕드레데자르 가에서 흰 포도주를 마시고 있는 우리를 보았다면 사랑스러운 젊은이들이라고 생각했을 텐데. 아르헨티나에서 온 기타리스트가 플라밍고를 연주하고 있었지. 웃음과 사랑이 가득했는데. 아니면 샹드마르의 잔디밭에서 끝없이 터져 나오는 웃음을 참지 못해 어린애들처럼 뒹굴던 모습을 보는 것도 좋지. 우리가 파리로 공부하러 떠날 때, 그때 저자와 내가 서로 알았더라면 그는 부드럽게 누그러졌을 거야. 서로 손을 잡고 렌느가를 거닐 때, 마침내 살아 있다는 그 느낌. 온 세계가 무릎을 꿇고 우리를 맞아주는 것 같았지. 한 쌍의 남녀, 바로 그녀, 도시 그리고 그 도시의 밤들은 우리 것이야. 세상에서 가장 아름다운 바로 그것.

지금, 내 손은 묶여 있고 나는 누리던 것들을 빼앗겨버렸다. 저자는 나를 자기들 미치광이들 나라로 데려가려 해. 나는 싫어. 우리는 숨바꼭질을 하겠지. 먼저 힘이 빠지는 사람이 지는 거야. 그러니까 나는 너한테 말 안 할 거야. 차라리 주술사를 불러. 드리사의 삼촌이지. 그가 네 속임수를 다 태워버린 다음, 허공에 그림을 그릴 거야. 물소 꼬리를 흔들면서 그는 악령을 모독할 거야. 그러면 내 할아버지께서 몸소 내 머리와 목숨에 세상 이치의 숨결을 불어넣으실 거야. 선생? 정신과 의사? 어느 분야인진 모르겠지만 하여간 전문가 양반, 당신 책들 위에 편히 걸터앉으시죠. 내 머릿속의 이 음성이 들립니까?

무슨 일이 벌어졌는지 나는 잘 기억하지 못한다. 어느 지점에서

인가 시간은 나만 빼놓고 무너져버렸다. 피곤하다. 폭풍우 속에서 이만큼 오래 살았다는 건 가혹한 일이야. 선생은 어떻게 생각해요? 대답을 망설이시는군. 내가 단순히 이상한 놈이거나 사디스트인가요? 아니면 패륜아입니까? 내 인생은 이미 고통스러워. 나는 그걸 간신히 끌고 가고 있어. 내 인생은 내게 맡겨. 그럭저럭 해나갈 수 있다고. 가엾게 여기는 마음도 없지 않아 있지만, 실은 넌 나를 증오하고 싶겠지. 우리의 눈길이 서로 섞이고, 어디에선가 마주치고, 어깨를 맞대고 서툴게 날기도 하겠지만, 우리가 진정으로 만나는 일은 불가능할 거야. 내 속에서 끓어오르는 이 마그마, 분노. 순수하고, 위험하며, 언제라도 사방으로 발산될 수 있는 눈부신 빛을 띤 에너지. 그는 거기에 잠깐 관심을 보인다.

한 번만, 정말 한 번만, 내 조상님[4]이 기도를 바치는 이 영혼들과 대화를 해봐. 그들이 너한테 나와 표범들 이야기를 해줄 거야. 우리의 삶에 대해 말해줄 거야. 의사 양반, 내 생각엔 내 삶에서 다른 사람보다 더 중요한 사람이란 없어. 오직 선량한 마음을 가진 절대적인 힘만이 존경받아 마땅하지. 지금 넌 내가 불안정한 상태였던 것처럼 나를 감시하고, 온갖 질문을 마구잡이로 퍼붓고 있어. 네 확신이 조금씩 흔들리고 있지. 어쩌면 그게 너한텐 무척 쉬울지도 몰라. 왜냐하면 나는 문제 없이 유죄판결을 받을 테니까! 너는 판결하고, 나는 죄인이 됐고. 너는 치료하고, 나는 잘못을 저질렀고! 우리가 속한 체제를 너희 것과 나란히 만들려고 시간 낭비하지 마. 극

좌파 시위가 거리를 점거하면 춤추라고 내버려둬. 그게 톨레랑스[5] 잖아. 나를 사랑하는 방법이라면, 네가 아프리카 튜닉을 입고 젬베 이[6]를 두드리면서 춤 행렬을 따를 수도 있는 거지. 그런데 내가 죽은 영혼들과 대화를 자주 나눈다는 말만 나오면 너의 그 실용주의, 그놈의 과학이 득달같이 달려들지! 이 환각은 단지 술 때문에 일어난 게 아니고, 이건 히스테리고, 그러니까 정신병원으로 가라는 말이 나오는 거지.

계속해. 끝없이 떠들고 너 혼자 테스트 따위나 하라고. 난 벌써 손 털었어. 내 신경세포들은 이렇게 무질서하게 그냥 놔둬. 내가 앓는 표범의 병을 치료하겠다는 생각은 버리란 말이야. 이건 나만의 영토야. 나만의 풍요함이야. 너무 빨리 단정 짓지 마. 모든 걸 정당화하거나 모든 걸 용서하기엔 내 변명이 안이하다고 여기지도 마. 벌써 오래전에 나에게 낙인을 찍은 건 너희야. 나는 피고인석에서 나를 변호하느라 목이 쉬었고, 너희는 내 피부에 색깔을 입히고 내세계를 부정했어. 나를 왜곡하는 그 가면의 무게에 내 몸은 꺾였지만, 너무 일찍 즐거워하지는 말길. 나는 사라지지 않으니까!

흰 가운을 입으신 의사 선생, 나를 연구할 때 이건 알아둬. 나는 우리에 갇힌 커다란 맹수들을 가지고 싶어. 하루에도 수만 번, 어쩔 땐 그보다 더 많이 맹수들은 사방 구석구석에서 탈출구를 찾고 있지. 그놈들은 항상 송곳니를 드러내. 절대 포기하지 않아. 너희가 내가 행사하는 묵비권을 나한테 불리하게 이용한다 해도, 나는 지금 자유로워. 나에겐 나 자신만 있을 뿐. 너의 협박은 따분해. 나를 잠시 잊어줘. 최소한 한 번만이라도 네가 만든 절차에서 벗어나려고 노력 좀 해봐. 네 얼굴에 바로 이렇게 침을 뱉어주고 싶다. 그런 내 속마음을 너한테 털어놓는 것도 재미있는걸. 네 면상이 일그러지는 걸 보는 것도 재밌고. 꺼져버려. 차라리 아무 일도 안 하는 놈들, 나쁜 놈들이나 잡아 가둬. 그 여편네들이 얼마나 좋아하겠어. 그러면 적어도 매일같이 그들을 짓누르는 쓰라림을 덜어줄 수나 있지. 나를 분석하는 건 이제 그만. 차라리 치졸하고 메스꺼운 이 세상에나 신경을 쓰라고. 나를 안락한 방에 보내줘. 난 정신병자처럼 평화로워지고 싶어. 기분 좋은 휴식을 원해. 주인을 물어뜯고 달아나 들개 무리와 어울린, 사납고 자존심 센 개들처럼 말이야!

그래, 나는 모범생이야. 대학에선 모든 게 순조로웠지. 시험도 쳤고. 하지만 내게 알맞은 직업을 결코 찾을 수 없었어. 내 얼굴을 창구에 내세우기를 꺼리는 거지! 미레유를 향한 사랑을 나는 혼자만 깊이 간직했어. 내 어머니에 대한 사랑도 마찬가지로. 너도 알다시피 나도 그럭저럭 괜찮은 놈이야. 그런데, 인정하긴 싫지만, 이젠 중독자야. 맥주에, 포도주에, 마리화나 또는 아편에. 주말을 좀 더 즐겁게 보내기 위해서지. 나를 너희들 통계표에서 빼줘. 내가 있는 바로 그 자리로 나를 찾으러 와봐. 그러면 나도 너에게 갈게! 자, 주술사들을 춤추게 해. 그들은 교회와 도서관이 문을 닫는 밤이 돼서야 일을 시작하지. 머리를 베개 아래 파묻고 푹 자라고. 주술사들이

거리에서 노래 부르게 내버려둬. 그들의 발걸음 소리는 고요하고, 음성은 그들의 머릿속에서만 울릴 테니까.

드리사는 흰 가운 입은 놈들을 잘 알아. 그의 삶 길목마다 따라다니니까. 간호사들이 대낮에 그를 데려갔어. 그가 모든 사람을 공포에 떨게 했거든! 정신 이상에, 미치광이처럼 발작을 일으키고, 울부짖으며 자기 소변 위에서 뒹굴었지. 그의 삼촌을 제지하려고 경찰이 벌써 거기 와 있었어.

너 드리사를 알아? 자리에서 일어나는 걸 보니 이 방에서 나가려는 모양인데, 나도 네 흉내를 한 번 내볼까? 너 드리사를 알아? 딱 세 단어로 된 이 한 문장이 내가 너에게 던지는 질문이야. 나는 감방으로 되돌아가고 싶어. 담배꽁초가 널려 있고, 덕지덕지 때가 앉은 감방으로. 내 생각들, 표범 조상, 맨발이신 할아버지, 온몸이 흠뻑 젖은 새처럼 알맹이는 다 빠져나가 기진맥진해진 드리사까지 그곳에 있지. 짧은 면바지를 입은, 우리 어린 시절의 미레유도.

이 감방으로 나를 던져버려. 조상님이 그곳에서 나를 기다린다!

조상님, 나를 잘 보세요. 나는 구속돼 있어요. 불안감이 끝없이 밀려오고, 피와 눈물을 불러오는 매듭을 끊을 수가 없어요. 그게 바로 조상님, 당신 아들의 모습이에요! 조상님! 당신은 멀리에서 나를 엿보고 있죠. 타락한 이 낯선 환경에서 불안해하는 나를. 자긍심에 넘치는 족장으로 위장하고, 삼엄한 감시를 받는 미치광이들 위에 군림하면서 당신은 이렇게 합법적으로 말입니다. 하지만 나는 당신에게 연민을 느껴요. 조상님도 이미 알고 계시겠지만. 당신이 우리에게 물려준 대륙의 유산은 뭔가요? 자유는 짓이겨졌고, 가장 센 군대의 법만 남았을 뿐이죠. 독립을 약속하고, 자긍심을 되찾는 것. 그 모든 건 허망하게 소진되어 말도 안 되는 인종차별주의 속에 암울하게 묻혀버렸죠. 불행의 법칙이 지배하는 가운데 탐욕이 판을 치고, 마침내는 민족말살과 살육으로 치달았어요. 조상님, 당신이 이 모든 걸 모르는 척, 당신의 어린 시절로, 영원불멸의 보이지 않는 세계 가운데로 숨어들어 가 깊은 생각에 잠겨 기도하는 사이, 저곳에선 팔다리가 절단된 사람들 몸뚱이 위로 포탄이 쏟아지고 있단 말입니다.

　샤를마뉴 은구부, 잔다르크 마분디, 윌프리드 은송데, 아나톨 은강가, 그것 말고도 수도 없이 많은 이름. 조상님, 우리는 어떻게 되고 있는 겁니까? 우리를 학살했던 놈들 이름을 본떠 웃기는 별명을 갖다 쓰는 게 당연한 겁니까? 블랑쉬 셍가, 윌로주 시타, 장 드 디유 미난디, 아니세 분구디아방푸투…… 가톨릭 달력에서 제일 드문 이름을 찾아내는 사람은 신통하다고 자부할 지경이죠. 그럼 조상님, 우린 대체 누구란 말입니까? 내 꼴이 어떻게 됐는지 한 번 보세요!

내가 조상님 당신을 실망시켜 드렸나요? 나는 내가 할 수 있는 것을 했습니다. 나에게 해줄 수 있는 게 뭔가요? 인간쓰레기라는 건 존재하지 않아요! 조상님도 내 감옥으로 와서 고생 좀 해봐요. 거만하고 뿌루퉁한 얼굴로 안 들리는 척하지 마세요. 높은 곳에서 나를 경멸하지 말고 이리 내려와서 내 비난을 받으세요! 가진 게 없는 사람들에게는 통찰력이 있죠. 내가 바로 그래요. 드리사를 기억해봐요. 그 애는 바콩고, 줄루, 키쿠유, 쇼나, 바미레케, 만딩그, 아샨티, 울로프의 족장이 뭔지 알고 싶어 했어요. 드리사 아버지는 자기 월급보다 터무니없이 비싼 자동차를 몰고 거들먹거리고 싶어서 돈을 주고 면허증을 샀어요. 전기도 끊긴 집에 사는 아이에게 당신은 자존심 강하고 관대한 사람들의 정의를 말하면서, 존경받는 위대한 사람들 얘기나 해주었지요.

조상님, 주술사였던 드리사의 삼촌은 당신 친구였어요. 그가 조금이라도 돈을 더 벌겠다고 다른 사람들을 이용할 때 조상님은 아무 말도 하지 않았어요. 주술은 끝없는 수평선과 같아요. 주술은 어제와 오늘이 끊어지지 않게 연결해주는 기반이고, 우리를 단절 없는 삶의 흐름에 합류하도록 해주죠. 그런데 그는 주술을 이용해서 순진한 사람들을 농락했고, 조상님은 그걸 눈감아 주었어요. 그는 자기 권력을 팔고, 꿈과 협박으로 장사했죠. 여자와 자동차를 사기 위해서 말입니다.

이런 비극을 막는 게 조상님이 할 일 아니던가요? 그런데 당신은 입을 다물었어요. 그 결과를, 내 앞에 다가올 이 미래를 보세요. 대체 무슨 꼴인가요? 너는 이해하지 못할 거야. 머리를 끄덕이며 당신은 이렇게 말하죠. 조상님은 너무 위대해져버렸고 너무 멀리 있어요. 유럽에서 몇 년을 보내고서 당신은 내가 자신이 누군지를 잊어버렸다고 말했죠! 그렇다면 간직할 것과 물려줄 것이 고작 그것뿐이었단 뜻인가요?

외부의 영향을 받지 않으려 엄중히 경계하고 감시해왔죠. 내가 타고난 환경과 성질을 그대로 지키기 위해서요. 이제, 철저히 지켜온 울타리의 문을 열 때가 왔습니다. 수사관 양반, 선생님, 조상님, 당신들 모두 인정해야 할 겁니다. 고래와 같은 위엄으로, 거대한 거북처럼 있는 그대로 존재할 권리가 내게 있다는 것을.

가셔도 돼요, 조상님. 난 화가 난 건 아닙니다. 내게는 악마와 위대한 선한 영혼이 동시에 들어 있어요. 다만 사랑을 다시 찾을 힘도 내일을 건설할 의지도 없을 뿐이에요.

어떤 새끼야? 쉬지 않고 소리를 질러대다니, 저 새끼 완전히 미친 거 아냐. 감방 앞을 몇 시간째 떠날 수가 없잖아! 제 어미 붙어먹을 놈이군. 짐승 같은 놈, 마약 먹고 취했군. 발길질로 사람을 죽인 놈이야. 자기들 나라에서야 그렇게 서로 죽고 죽인대도 놀라울 것도 없지. 진짜 야만인들이니까. 거기서들 빌어먹지, 왜 여기까지 와서 세상을 더럽힌대? 이런 새끼들 데려와 취조하고 돌려보내고 하는 거 나도 신물이 나. 저 주둥이와 엉덩짝만 보면 구역질이 나! 저 새끼 짐승처럼 몸부림치는 것 좀 봐. 내 동료들도 하나같이 이런 빌어먹을 놈들을 겪었어. 자동차 아래에서 사건이 벌어졌다며? 천만다행인 게 한 시간 뒤면 난 근무 끝이야. 이 멍청이가 아프리카 노래를 부르는 걸 다 듣느라 미칠 뻔했어. 그 주둥이 닥치라고 창살을 두드려대야 했고. 그런데도 이 자식은 미개한 혀를 더 심하게 놀려댔어. 나를 겁주려는 거지. 어떤 순간에는 이놈이 진짜 마법사가 아닐까, 부두교나 악마의 술수 같은 이상한 미신의 속임수에 걸려든 건 아닐까 여겨질 정도였어. 내가 순찰하는 동안에 그놈이 갑자기 보이지 않는 거야. 침대 밑에 숨어 있었던 거지. 놈이 어디로 갔는지 머리를 굴리느라 정신이 아득해지는 느낌이었어. 죄수가 불가사의한 통로로 감방에서 탈주했다고 보고서를 쓰고 있는 내 모습이 막 상상이 되는 거야. 내 인생에 그렇게 두려웠던 적은 없어. 나도 모르게 무방비 상태의 죄수를 때렸어. 이 자식이 날 진짜 열 받게 했어. 조심할 생각은 눈곱만큼도 없이 제멋대로 행동하다니. 조금만 더 때렸더라면 난 징계위원회에 넘겨졌을 거야. 다행히 이놈이 많이 다친 상태여서 한 대 더 맞는다 한들 아무도 알아차리지 못했겠지만. 모든 게 눈 깜짝할 사이에 나를 끝장내버릴 수도 있을 상황이었어. 나는 서둘러 집에 돌아왔지. 무슨 영문인지는 몰라도 수

사반장이 별로 관심을 보이지 않고 넘어간 건 정말 다행이야. 경찰서 전체가 전투 체제였어. 저 미친놈은 쉴 새 없이 고성을 지르고, 울부짖고, 악취를 풍기고 있어. 부랑자라기엔 아직 어려 보이는데. 위험한 놈은 아냐. 덩치도 작고 힘이 세지도 않고, 자기 껍데기 속에서 혼자 몸부림치는 비참한 녀석이지. 나랑 마주쳤을 때 놈은 나를 보지 못했어. 놈을 후려치는 순간 그저 약을 해서 이렇게 된 것 같다는 느낌도 들었어. 내 생각엔 녀석이나 다른 놈들이나 다 지체 아들이야. 솔직히 검둥이 새끼들이 다 그렇지. 음악이나 운동 좀 한다는 거 말곤 대단한 놈 없잖아. 그렇다고 감방에서 100미터 달리기를 할 것도 아니고. 야, 브레이크댄스나 춰봐.

아이들이 있다면 어디서 기를지 잘 생각해야 해. 이런 놈들이 있는 동네는 절대로 가선 안 돼. 내가 인종차별주의자라고? 흠, 각자 자기 나라에서 살아야 해. 그래야 문제가 줄어들지. 내 고물차를 도난당했던 동네가 생각나는군. 그때 난 경찰대 학생이었는데, 그날 저녁 폭동이 일어난 줄 알았어. 조사관들은 어째서 그런 소동이 일어났는지 결국 알아내지 못했지. 그 몹쓸 놈들이 내 차를 찌그러뜨렸어. 뒷좌석에는 핏자국이 얼룩졌고, 여자 팬티와 구두까지 뒤섞여 완전히 아수라장이었어!

오늘은 조금 일찍 퇴근해도 되겠군. 저 새끼를 끌어냈으니 수감자들은 좀 조용히 있을 수 있겠어. 저놈한테는 고약한 시간이 되겠지만.

다시 고요가 찾아왔다. 그리고 나는 드리사 생각을 한다. 드리사, 네게 남은 건 혼란뿐이야. 흑인이 뭘까. 진정한 흑인이란? 너 벌써 떨고 있구나! 뭐라고, 네가 여기서 태어나지 않았다고? 너는 자기 나라가 어딘지 모르니? 자기 나라 말을 못해? 겉은 검둥인데, 속은 백인이네! 말을 끝맺으려고 노력 좀 해봐. 질문에 제대로 대답하는 게 없잖아. 조심해 친구야. 그들은 너라는 존재를 아예 지워버리려고 해. 너의 뿌리를 찾아서 정착해, 어서. 네가 편하다고 느끼는 바로 그곳에 말이야. 그들이 마침표를 찍기 전에, 네가 조금이라도 행복을 느낄 만한 조그만 숨구멍을 열어두어야 해.

그러나 어렴풋하나마 그의 몸에 지워지지 않고 붙어 있는 이 검은 반점 외에는 드리사에게 더 이상 거의 아무것도 남아 있지 않았다. 잘 가. 저 애는 누구지? 창피하게 그러지 말고, 나중에 다른 생애에 다시 오렴. 진짜 흑인은 누구지? 백인이라는 건 어떤 거야? 밤낮으로 이쪽에서도 또 저쪽에서도 거부당하는 가운데 그의 머리는 흔들리고 상처를 입는다. 너는 아무것도 닮지 않았어. 너를 만든 기계는 고장 났어. 너는 나무에서 떨어진 적도 없는데. 그래도 탐탐[7] 뒤에서 몸을 흔들어봐! 프로그램에는 없던 거지만, 너를 잊을 수 있게. 그리고 남들이 네 소리를 더 이상 듣지 못하게 숨을 만한 곳을 찾아봐! 인조 가죽 주머니에 아주 작은 아프리카 지도를 잘라 넣고

펜던트처럼 목에 걸어. 진짜 흑인이란 뭐지? 하여튼 이 자는 흑인 같아 보이지 않아! 네 피부를 탈색시켜. 그리고 많은 사람이 하는 것처럼 킨샤사를 거쳐 요하네스버그에서 파리에 이르기까지 사람들한테 네 얼굴을 보여봐. 아름답게 꾸며! 색깔을 조금만 빼, 너무 많이는 말고. 파리 억양으로 말하는 형편없는 흰둥이가 될지도 모르니까. 우린 절대로 그걸 원하는 게 아니니까. 저속한 프랑스어를 구사하도록 해. 문명이 뭔지도 모르고, 현대적인 것들을 보면 입을 다물지 못하는 멍청한 시골뜨기가, 배꼽까지 축 늘어진 젖가슴을 다 드러내고 애 둘을 달고 있는 맨발의 여인네가 깜짝 놀라도록 말이야. 어이, CFA[8], 허세는 그만 부려. 발바닥 아래까지 시커멓고 더러운 것들이 백인 똥색이 어떤지는 무엇하러 물어봐? 피그미족처럼 먹지 마. 그렇다고 너무 겉멋 부리지도 마. 네가 백인인 척한다고들 여길 수 있거든. 네가 대체 누구라고 생각하니? 너희 것들을 잊지 마. 하물며 폭력, 노예 제도, 식민지, 치욕과 가혹 행위 그리고 가죽 채찍을 잊어선 안 되지. 아닙니다, 주인님. 예, 주인님. 이런 말들은 집어치우고 소르본에 가서 공부해!

드리사는 그저 서 있는 데에도 갖은 노력을 해야 할 지경이다. 사지와 머리가 다 해체된 것이나 마찬가지여서 그는 자기 머리는 옆에 두고 생각에 잠기기 시작한다. 모든 질문의 요지는 강렬한 숯처럼 아래에서 위로, 어제에서 내일까지 치고 올라온다. 현재는 방치되고 유예된 화염 덩어리다. 그의 목으로 떠받치기에 머리와 삶은 너무 무겁다. 너는 실체가 아니야. 통계표에 분류될 수 없는 항목, 지하철을 은밀히 채우는 그냥 작은 그림자일 뿐. 너는 애초에 캐스팅 대상이 아니었다고 그들은 변명한다. 그런 상태로는 네가 맡을 역할은 없어. 기차역에서, RER에서, 너는 문제를 일으키지. 폭력을 저지르고, 학교에선 적응하지 못했지. 너는 교육부의 골칫거리야. 그는 맞서고 싶지만, 다리가 말을 듣지 않는다. 드리사는 횡설수설한다. '나의 형제여'라는 호칭 이면에 뭐가 있는지 잘 들어봐. 흑인들은 그 나머지야. 표준은 정해져 있어. 거기에 끼지 못한 소수 집단은 차별에 근거를 둔 정의들과 싸우고 있지. 멀리 있는 위성처럼 빙빙 돌지 마. 너 자신의 이야기를 많이 해봐. 네가 한 일에는 그 어떤 색깔도 없다는 걸 알아야 해. 모차르트, 그가 작곡한 게 뭐 백인의 음악이었나? 너는 흑인의 예술과 흑인의 음악을 열렬히 사랑하지. 네 머리를 격렬하게 흔들어. 어서. 지금이 바로 그럴 때야!

내 손을 놓지 마, 드리사. 미레유와 나를 생각해. 그녀는 가버렸어. 그녀가 원한 건 오로지 나였어. 흑인과 백인, 가톨릭과 이슬람, 유대교와 프로테스탄트, 애니미즘…… 그녀는 이 뒤죽박죽과는 아무 상관이 없어……. 하지만 너희가 말하는 정신과 지성이라는 것도 결국은 원시적인 미신과 다를 게 하나도 없더군!

미레유, 그녀가 나를 원한다고 수줍게 말하며 나를 껴안고 목에 입을 맞추거나 손으로 내 몸을 능숙하게 더듬을 때. 그건 나를 흑인으로서 대하는 게 아니야. 물론 그녀가 우리 집에 올 때엔 여자 친구가 아닌 척하기는 해. 그녀는 학교 친구니까! 미레유를 전혀 알지 못하는 조상은 옛날이야기와 설화들을 얘기해주고, 그녀는 그걸 들으며 미소를 띠고 나를 바라본다. 그녀는 너무 예쁜 나머지 어머니에게 학대받고 팔다리가 잘려 죽음을 당했다가, 선한 요정의 도움으로 다시 살아난 아이의 이야기를 가장 좋아하지.

미레유는 식탁에 앉아 나의 어머니와 식사를 한다. 그녀들은 거의 말을 하지 않아. 눈길만 주고받을 뿐. 어머니는 무심하게 손가락으로 접시를 깨끗이 닦아 먹다가 간간이 그녀에게 웃음을 짓는다. 사실 어머니는 결코 백인들을 쫓아낼 수 없었던 거지. 나의 누이가 미레유에게 어쩜 그리 희냐고 물었을 때 그녀는 거북해하는 것 같아 보인다. 그녀의 눈길이 나를 찾지, 반짝거리는 그 눈. 한참 뒤 조상은 모르는 사람을 바라보듯 그녀를 뚫어지게 쳐다본다. 아마도 그는 육체 없는 영혼이 허공에서 매일 우리의 뒤를 따라다니는지 찾아내느라 정신이 팔려 있는 거야. 조상은 언제까지나 그렇게 멍한 아이 같겠지. 어쨌든 그는 그녀를 배웅하라고, 그녀의 기사가 되라고 나를 독촉해. 마치 모욕을 주듯, 명령을 내리듯이 말하지. 그는 자애로운 척 따윈 하지 않아.

드리사는 우리의 꿈을 잊었다. 그래도 그녀와 그와 나, 우리는 절친한 친구였고, 언제나 이웃이었으며, 놀이터 모래밭 회색 그네를 탈 때부터 알고 지낸 사이였다. 좀 더 크고 나서 주차장에서 벌어지는 축구 시합을 할 때면 미레유는 우리를 응원해주었다. 나랑 같은 층에 살던 드리사와 맞은편 건물 4층에 살던 미레유. 그녀의 창문은 지금은 잘려버린 수양버들 뒤쪽에 있었다. 우리는 항상 붙어 다니며 그렇게 지냈다.

일찌감치 그녀와 나는 서로에게 육체적인 매력을 느꼈다. 그러나 우리 셋은 떼려야 뗄 수 없는 한 팀이었다. 우리는 조상과 그 주변 영혼들의 정신적 감시를 받았으며, 미레유의 섬세한 생각에 따라 움직여야 했으며, 드리사의 삼촌인 주술사의 보호를 받았고, 어우러져 날아가는 매의 무리처럼 언제나 함께 움직였다. 보통 아이들처럼 놀 때에도 우리 셋은 각자 자기이면서도 또 함께여서 하나의 운명을 따르고 있다는 생각을 어렴풋이 했다. 우리에게는 우리의 세계가 있었다. 그건 또래 소년들과 그들의 주먹다짐, 소녀들과 그녀들에 얽힌 사랑의 슬픔과는 살짝 떨어져 있는 세계였다. 우리는 풀밭에 길게 누워 하늘을 바라보았다. 우리와 나란히 뻗은 하늘처럼 우리의 야망에 어울리는 무대는 없었다. 우리는 회색 저 너머, 우리가 알아맞힌 별들을 오래 바라보았다.

그 어린 시절이 우리에겐 얼마나 소중한지 모른다. 돈이 없어 도시에서 바캉스를 보냈지만, 동굴 속에, 국도에, 다섯 채의 건물과 근방의 다른 아이들 틈에도 우리의 제국이 있었다. 스페인인, 포르투갈인, 알제리인, 베트남인, 콩고인, 말리인, 브르타뉴인, 주차장에, 철망의 개구멍으로 숨어 들어갔던 수영장에 전 세계인이 다 있었다.

미레유, 드리사와 나, 우리는 최고의 팀이었다. 드리사와 내가 가게 여자의 주의를 돌려놓는 동안 갈색 고수머리에 주근깨 난 순진한 얼굴을 하고서 미레유는 사탕을 훔쳐냈다. 천사 같은 그녀의 용모에 의심을 품을 사람은 아무도 없었다. 우리는 그 전리품을 나누어 갖곤 했다. 뿌듯한 마음에 자지러지게 쏟아져나오던 그때의 웃음소리가 지금도 귓가에 울린다. 주변의 또래들은 비행을 저지르는 우리의 능력을 선망했고, 호감을 느끼기까지 했고, 그 덕분에 우리는 겁쟁이 부르주아나 부잣집 아들 부류에서 벗어날 수 있었다. 용감한 애들만 즐길 수 있는 평화를 누릴 권리를 얻었고, 학교 교문에서 우리에게 감히 통행세를 물리는 사람은 아무도 없었다.

공룡이라는 별명을 가진 카멜까지도 우리를 존경했다. 카멜이야말로 태어날 때부터 악당이었다 해도 될 만한 인물이었는데 말이다. 냉혹하고도 감미로운 마약을 팔거나, 싸움질을 일삼는 진짜 범죄자가 되기 전부터 그는 시내에서 소매치기 짓을 했다. 어린 시절부터 청년이 될 때까지 그는 고등학교 친구인 뤼도빅의 부모님 댁에 무단으로 들락거렸는데, 뤼도빅의 가족들이 여름 나절 정원에서 식사할 때 디저트를 훔쳐낸 것을 시작으로 나중에는 차고에 숨어 들어가 자전거를 훔쳤고, 열일곱 살에는 그 집안의 은 식기와 음향기기를 모조리 쓸어 내왔다. 뤼도빅은 카멜이라면 무서워서 파랗게 질려버리고 마는 터라 그가 의심스럽다는 말을 한 번도 입 밖에 내지 못했다. 자질구레한 물건들이 자꾸 사라지자 뤼도빅의 부모는 완벽한 기능을 자랑하는 값비싼 보안 장비를 설치하기로 했다.

시간이 흘러 카멜은 이슬람 교리를 따르면서 선량한 태도를 되찾게 되었고, 자기가 그들에게 저질렀던 잘못을 모두 용서받고 싶어 했다. 그리하여 뤼도빅의 어머니는 어느 날 수염을 덥수룩하게 기른 세 남자가 초인종을 울리는 소리를 들었다. 그녀의 얼굴은 죽은 사람처럼 창백하게 질렸고, 무릎은 후들거려 실신할 지경이었다. 이 가엾은 여인은 텔레비전에서 이슬람교도들에 대한 르포를 여러 번 보아왔던 터였다. 그녀는 이슬람교도들은 아주 악독하며, 여자들을 적군보다도 더 증오하는 사람들이라고 알고 있었다. 그녀가 알고 있는 이슬람교도들은 종일 기도를 바치며 하루에 다섯 번이나 발을 씻는 이들이었다. 그뿐만 아니라 선한 기독교인들을 천국에 보내기 위해 곳곳에 폭탄을 설치하고, 심심풀이로 유럽 관광객들을 희생의 제물로 바치는 사람들이었다. 그런 상황이었으니, 일행 중 가장 젊은이가 아무리 부드럽게 말을 걸었다 해도 그녀의 귀에 들어올 리 없었다. 그녀는 이미 장미 화분을 발견했다. 남편이 취미 생활로 기르던 것이었다. 이 아랍인들이 몸 돌릴 틈도 없이 등 뒤에서 총알이 날아올 것이다. 그리고 경찰서로 연결된 직통 경보장치가 울리고 그들은 곧바로 붙잡혀 갈 것이다.

미레유와 드리사, 나는 슈퍼마켓에서 도둑질을 했다. 그런 짓을 하면 얼마나 겁이 날지 알고 싶어 장난삼아 해본 것이다. 아이디어가 너무 풍부했기 때문에 마땅한 수단이 없다는 것은 문제가 되지 않았다. 엄마의 사랑만이 우리를 지켜주는 유일하고도 진정한 것이었다. 엄마들은 부엌을 벗어나는 적이 거의 없었지만, 시장에만 가면 협상의 명수가 되었다. 그중 프랑스어에 능한 분이 다른 사람들까지 거들어주었다. 시간이 지나면서 엄마들은 새로운 언어를 만들어냈다. "잔디밭에 들어가지 마시오"라고 쓰인 표지판 옆에 튀는 색깔의 돗자리를 깔고 앉은 그녀들을 나는 몰래 엿보았다. 엄마들의 화제는 매일매일의 생존이라는 난관 외에도 아이들의 아비이자 아파트를 함께 쓰는 남자들인 남편들에 관한 것이었다. 그녀들은 모두 연애결혼은 쓸데없고 위험한 사치로 여기는 세계에서 온 여자들이었다. 부부의 침대에서 애정과 생식을, 낭만적인 사랑과 유치하고 수치스런 변덕을 구분하기란 불가능한 것이었다. 우리 중 누구도 자기 부모가 서로 껴안는 것을 본 적이 없었다. 우리는 애무와 부드러운 말이 전무한 지대에서 자랐고, 차가운 콘크리트와 냉정한 시선, 가혹하고 때로는 폭력적인 부딪침에 익숙해져 있었다.

불행히도 우리는 싸우는 소리, 절망에 빠진 아내들의 울부짖음, 술에 취하고 불만에 쌓인 남편들의 모욕적인 언사, 둔탁한 주먹질 소리를 자주 들었고, 그 며칠 뒤면 여자의 모습은 그 동네에서 더 이상 보이지 않았다. 갈비뼈가 부러진 통증은 뼈가 다시 붙을 즈음이면 사그라들었고, 얼굴에 난 상처 또한 시간이 흐르면 없어졌다.

그녀들은 안달루시아인과 월로프족[9], 아랍인과 키콩고가 결합한 가락에, 이 지역의 계절에 따른 표현들이 뒤섞인 극동의 억양들로 이야기를 나누고, 한탄했다가 요란하게 웃었다. 게다가 이제 그녀들에겐 프랑스어까지 섞였으니, 동화되는 건 경계해야 한다. 엄마들은 열여덟이 되기 전에 결혼했고, 아이들을 많이 낳아 가정을 꾸렸다. 그녀들 중 제대로 읽을 줄 아는 사람은 아무도 없었지만, 셈만큼은 모두 놀랄 만큼 빨리 배웠다.

엄마, 엄마. 엄마에게만은 정말 죄송해요. 역사에서, TV와 라디오의 관심사에서 망각된 모든 엄마에게 죄송해요. 당신의 상처, 그 위에 흐르는 눈물이 두려워요. 엄마 때문에 나는 후회해요. 나를 묶은 쇠사슬이 부끄러워요. 엄마와 그토록 인내심 많고 깊은 사랑을 주는 이 여인들. 그럼에도 누구의 관심도 받지 못하는 여인들을 위해서, 우린 당신들의 눈물을 잊지 않을게요. 저녁마다 벌어지던 그 수많은 사건도 잊지 않을게요.

알제리 출신의 유태인이었던 미레유의 부모님은 이 동네의 아랍식으로 식사를 했다. 그것도 최소 하루에 세 번이나. 그들은 남의 눈에 띄지 않고 예의 바르게 행동했으며, 알제리 전쟁이 앗아가 버린 외동딸의 앞날을 밝게 열어주려고 끔찍하게도 일을 많이 했다. 고국에서 지난 몇 년간 일어났던 사건들에 대해 그들은 미레유에게 거의 말해주지 않았다. 그것은 일종의 금기나 다름없었다. 미레유의 할아버지와 할머니는 큰 마을에서 카페를 경영했는데, 당시 어린 아기였던 딸이 테러 때문에 두 팔을 잃고 얼굴에 화상을 입는 바람에 몇 주 동안 끔찍한 고통에 시달려야 했다. 아기는 얼마 지나지 않아 죽었고, 남은 가족들은 조국을 떠나 망명길에 올라야 했다. 미레유의 할머니는 정신을 놓아버렸고, 10년 동안 두 문장만 말했다. 그녀의 어머니에게 망명 자체는 그다지 비극적인 것이 아니었지만, 감정에 상처를 입었고, 끝이 보이지 않는 가난으로 인해 삶의 기쁨을 빼앗겼다. 사실, 그녀가 입은 상처의 근원은 훨씬 오래전으로 거슬러 올라간다. 그녀가 열한 살이 되었을 무렵부터, 알제리 독립운동을 위해서라면 목숨을 바치는 것도, 암살하는 것도 마다하지 않는 과격파 지하 조직의 일원이었던 아버지가 규칙적으로 딸의 방에 들러 끔찍한 근친상간을 강요하기 시작했기 때문이다.

그녀는 프랑스 남부의 난민 수용소에서 남편을 만났고, 그는 조심스럽고 순종적인 그녀의 성품에 마음이 끌렸으며, 두 사람은 침묵 속에서 절제하는 가운데서 서로의 슬픔을 나누었다. 남자는 훌륭한 일꾼이었지만 무뚝뚝했고, 여자는 혼이 나간 듯 멍하고 어두웠다. 대화하는 법도 없이 조용히, 그들은 초라하게 살았다. 남자는 자신의 침묵과 여자의 염세주의에 더할 나위 없이 잘 어울리는 직업을 찾아냈다. 장거리 트럭 운전수인 그는 몇 주씩 길게 집을 비우는 일이 잦았고, 부르릉거리는 단조로운 엔진 소리를 벗 삼아 다녔다. 그의 아내는 청소나 다림질, 아기 돌보기 등의 부업으로 돈을 벌었고, 그러면서 마지못해 과거를 잊는 법을 배웠으며, 사려 깊고 겸손해져 갔다. 그들은 삼 년에 한 달씩은 규칙적으로 지중해 연안에서 캠핑을 했고, 딸에게는 그럭저럭 편안한 어린 시절을 제공해 줄 수 있었다. 자신들이 겪은 삶의 풍파로 인해 그들은 어려운 시간을 너그럽게 대하고 포장하는 법을 알게 되었다. 미레유는 볕이 잘 들지 않는, 생동감이라고는 찾아볼 수 없는 아파트에서 음악을 듣거나 책을 읽는 법도 없이, TV와 광고, 패션 카탈로그도 접하지 않으며 그렇게 자랐다. 딸이 가족과 살던 아파트를 떠나 대학 기숙사로 나가게 되어서야 비로소 그녀의 어머니는 자기 어린 시절의 충격적인 경험이 야기하는 공포에서 벗어날 수 있었다. 그렇게 그녀는 기다림과 침묵의 기술에 익숙해져 갔다.

미레유는 그녀의 삶 속에 가끔 동참하는 아버지를 이방인 보듯했다. 아버지의 말소리는 거의 들리지 않을 정도로 작았고, 그의 사고방식은 19세기에나 통하는 것이었다. 그런 상황이 그녀로 하여금 드리사와 나와 함께 과격한 상상의 세계를 만들어나가도록 몰아갔다는 점에는 의문의 여지가 없다. 조상이 들려주는 이상야릇한 이야기나 드리사 삼촌의 파란만장한 삶을 숭배하게 된 것도 역시 같은 이유에서였다.

미레유의 부모님은 흑인에 대해 진심으로 호감을 갖고 있었다. 특히 그녀의 아버지는 흑인들은 친절하고 악의가 없다고 어린 딸에게 말하곤 했다. 그녀의 어머니는 지금까지도 나의 엄마에게 매우 예의 바르게 대하기는 하지만, 수년에 걸쳐 어머니들의 우정이

지속되었다 해도 서로 신뢰하는 단계에 이르지는 못했다는 게 내 생각이다. 일종의 유기랄까. 그녀들의 관계를 더 가깝게 만들지 못하는 뭔가가 장애물처럼 존재했다. 나는 항상 미레유의 어머니가 자기 딸과 나와의 관계를 일찌감치 본능적으로 알고 있다고 생각했다. 엄마들은 그런 일들에 민감하기 마련이니까. 그러나 미레유 어머니는 한 번도 거기에 관해 이야기하지 않았다. 어쩌면 딸이 약간의 행복감과 환상을 품는 것을 보면서 그녀 자신도 즐거워한 것인지도 모른다. 어렸을 때에는 우리의 우정을 용인해주었던 미레유 부모님은 우리가 성인이 되고 심각한 사건들을 일으키게 되자, 점차 우리 사이를 갈라놓더니 마침내는 영원히 떨어뜨려 놓았다.

이제 미레유는 자신이 그 무엇이기에 앞서 유태인이라고 잘라 말한다. 어린애 같은 바보짓은 관둬. 그녀는 내 면전에 이렇게 쏘아댔다. 매는 사우디아라비아 사막의 개들보다 더 혹독하게 길들여지는 거야. 지구상에는 믿기 어려운 일들이 벌어지고, 이 세계는 위험에 처해 있어. 우리의 아이들에게 어떤 세상을 물려줘야 할지 넌 그런 건 생각도 안 하니? 좀 진지해져 봐. 네 머릿속엔 어떡하면 키스나 할까 하는 생각뿐이지. 아무 때나 내 몸 좀 더듬지 마. 짜증나! 경박하게 굴지 말고 좀 어른스러워져봐. 힘을 합쳐서 투쟁해야 해. 소르본 광장의 의자에 쪼그라들어 주눅이 든 나는 정치적인 논쟁은 하지 말자고 사정했다. 아프리카 이야기, 에이즈, 남자 여자 할 것 없이 강간하고, 대서양에서 아프리카 대호수[10]까지 빠짐없이 휩쓸고 가는 내전 이야기로 내가 널 지긋지긋하게 괴롭힌 적 있니? 대학살이나 시에라리온[11]의 몸뚱이 없는 손 무덤 문제로? 너는 이제 비참한 처지에 놓인 동네 친구들은 거들떠보지도 않고 지나치면서 세상을 구원한다고 하는구나. 웃음은 점점 사라지고 몸을 만지는 것도 싫어하는구나. 그녀는 먼 옛날부터 그렇게 비참하게 살아온 우리를 보고 있는 것이 너무나 고통스럽다고 말했으며, 나와 드리사를 걱정했다. 특히 튼튼하지 못하고, 삐딱한 시선에 불량스럽기까지 한데다 술과 약에 절어 있고, 말이 앞뒤가 맞지 않는 드리사를……. 그녀는 드리사를 더 이상 참아내지 못했다. 나는 그런 그녀가 불편했다. 그녀는 날이 갈수록 더 혼자 있고 싶어 했으며, 그러던 어느 날 떠났다.

드리사는 대입 자격시험을 치르지 않았다. 시험 몇 주 전, 그는 침대 밖으로 나가지 않기로 마음먹었다. 몸은 무거워지고 마비되어가는데 외부 세계는 점점 위협적으로 다가올 때, 우리가 그 위협에 너무 많이 양보하게 되면 싸움은 끝나게 된다. 그런데 침대 시트 속은 더할 나위 없이 따뜻하고 포근한 거다. 그는 감미롭고 확실한 골방을 만들었고, 따스한 잠에 취해 보드랍게 자신을 쓰다듬으며 라디오를 들었다. 그것이 드리사의 내면이 얼마나 심각하고 위태로운지 알려주는 노골적인 신호라는 걸 그때 알아차렸어야 했는데.

그렇게 해서 그는 파리에 공부하러 가는 우리를 쫓아오지 않았다. 그 후로 우리는 주말에나 간혹 마주칠 수 있었다. 미레유는 동네에 거의 나타나지 않았지만, 유일하게 나오는 파리에서 자주 만났다. 파리에서는 그녀를 알아보는 사람이 없었기 때문이다. 그녀는 자기가 파리지엔인 줄 알았다. 파리에서 공부한다고 네가 우리보다 더 잘났다고 생각하는 거니? 그녀는 훌륭한 책들, 유명 작가들과 파리 거리 이름들을 술술 꿰었다. 어제 카멜네 집 파티에 안 왔더라. 잘난 척하는 거니?

불쌍한 미레유. 다른 데서 다르게 살고 싶어 한다는 이유로, 늘 뒤늦게 도착하거나 옆길로 새는 실패한 사람이 되지 않으려 했다는 이유로 어떻게 그녀를 비난할 수 있을까. 떨리는 무릎, 선망 어린 눈초리, 언제라도 쏟아져 나올 것처럼 입가에 머물러 있는 모욕의 말들, 단단히 주먹을 쥔 영원한 구경꾼들. 의심하고 머뭇거리다가 공포와 권태에 잠겨 굳어버린 그들. 그녀는 유색인종으로 살고 싶어 했다. 국도에서, 아파트와 슈퍼마켓에서 더 이상 천대받지 않는 유색인종으로. 가래침과 오줌 냄새가 진동하는 계단, 더럽고 부서진 것투성이인 황폐해진 인간들의 회색 감옥과 멀어지기를 바랐다. 미레유는 사방에서 자신을 덮쳐오는 삶과 부딪치며 느끼고 싶어 했을 뿐이었다. 실존의 스크린 앞에 움직이지 않고 앉아서 삶을 감상하고 꿈꾸기만 하는 일은 접고서 말이다. 그 삶의 흐름 속에 휩쓸려 들어가, 화면 한가운데에 존재하려 했을 뿐이다. 그녀는 경이로운 일들을 해낸 사람들에 대해 알고 싶어 했다. 그래서 우리는 그런 사람들의 이야기를 구두점 하나도 놓치지 않고, 더 큰 감동을 찾아 단어마다 숨어 있는 속뜻까지 샅샅이 뒤지며 열심히 읽곤 했다. 미레유는 힘을 내야 했다. 무척 많이. 왜냐하면 사람들은 앞선 생각을 하고 남과 다른 길을 가려는 이들을 싫어하니까. 사람들은 위대하고 행복한 길을 가는, 자기랑 동떨어진 사람들을 보며 감탄하는 것보다는 다들 자기들처럼 고생고생하며 근근이 사는 모습을 보는 걸 더 좋아하지!

꿈속에서 달려간다, 내 사랑이. 우아하고 경쾌한, 지칠 줄 모르는 열정으로 충만한 그녀가. 그녀는 도시 위 하늘을 미끄러지듯 빠르게 누비지만, 불행히도 그녀의 발걸음은 급속도로 무거워진다. 고생스러운 일들이 닥치고, 고결한 일을 저지하고 막으려는 걱정스러운 손길들이 난무한다. 한참 뒤 비명, 천둥소리. 나는 잠에서 깬다. 너무나 때늦었지만 그녀를 진심으로 이해하고 싶어진다. 나에겐 몸에, 생각에, 궁지에 몰린 희망에 쥐어줄 강철 같은 칼이 필요하리라. 자유의지 미레유, 세상이 네게 두 팔을 벌린다. 미레유, 그녀는 겁 없이 성큼성큼 달려나간다. 자기 자신을 넘어, 의혹과 고뇌를 넘어 멀리. 아침부터 저녁까지 활기가 넘치는 축제가 그녀에게 벌어지기를 바랄 뿐이야.

일요일 저녁 시테 기숙사 방으로 돌아오면 미레유는 소독된 따뜻한 물에 몸을 담그고, 갖은 냄새, 소음, 말들과 자기 동네 사람들의 얼굴에서 멀어지려고 있는 힘껏 몸을 문질러 닦았다. 어슴푸레

한 방에서 벌어진 나의 타락한 연애를 그녀가 보았더라면 어쩌면
그녀는 나조차도 모르는 체했을 것이다.

불행은 전염병이고, 그 냄새는 위협적이다. 그 불행이 그녀의 영
혼에 떠나지 않고 들러붙어 있었던 걸까. 그녀는 혼자 말하곤 했
다. 날 기다리고 있는 운명이 바로 이거였어. 그러면 당황하면서
도 그걸 수긍할 수밖에 없는 나는 아무 말도 하지 못하고 눈을 내
리깔고, 한숨으로 고통을 억눌러야 했다. 이를 악물어. 세상은 너
의 것이야!

미레유와 나는 어떻게 해서라도 우리의 약속을 지키고 싶었고,
결국 고등학교를 졸업한 뒤 우리는 4주 동안 유럽을 도는 여행을
하기로 했다. 비밀이 새나갈까 조심하느라 우리는 드리사에게 아
무 말도 하지 않았다. 드리사 역시 우리를 피하려고 꾀를 쓰고 속
이 들여다보이는 이유를 횡설수설 늘어놓기는 했지만 말이다. 나
는 운 좋게도 카멜의 친구인 시장 상인의 가게에서 3주를 일하게
되었고 그 덕에 고대하던 여행에 조금이나마 경비를 보탤 수 있었
다. 카멜은 과거에 힘깨나 썼음을 증명이라도 하듯 감옥에서 3년
을 보내고도 여전히 온갖 위험한 암거래에서 손을 떼지 않고 있긴
했지만, 이제는 이슬람 원리주의에 따라 자기 삶을 해결해 나가는

만형의 역할을 하고 있다고 자부하고 있었다. 그는 무장 납치 사건으로 유죄 판결을 받았지만, 경찰 친구들을 둔 덕분에 마약 사건으로 위장하여 감형 받을 수 있었다. 나는 어렸을 때부터 그를 알았기에, 그가 자신이 새롭게 태어났다는 걸 얼굴과 풍모로 확실하게 보여주기 위해 얼마나 많은 노력을 기울였는지 알 수 있었다. 그는 정말 열심히 일했고, 동네에 새로운 일이 터질 때마다 중재자 역할을 자처하여 문제를 해결했으며, 존경받는 인물이 되는 것을 최우선 목표로 삼았다. 그는 자신에 대한 나쁜 평판을 불식시키기 위해 부단히 싸워야만 했다.

그는 새로운 인물로 다시 태어나는 데 도움이 될 만한 자격증이나 충분한 지식이 없는 것에 대해 내게 여러 차례 한탄하곤 했다. 자기가 원하는 대로 완벽하게 변신하기에는 한계가 있음을 자각한 것이다. 그를 가르쳤던 선생님들은 카멜이 과격하고 예측 불가능한 골칫거리 중의 골칫거리이며, 자기 이름조차 제대로 쓸 줄 몰랐다고 회상하면서 등에 식은땀을 흘릴 정도였다.

그는 나를 도울 수 있다는 사실에 만족스러워했지만, 그렇다고 자기가 개척한 새로운 세계로 이끌고 가려 하지는 않았다. 자신이 처음으로 고용한 사람들에게 예의를 갖추어 나를 소개하면서 그는 감격스러워했고 행복해했다. 나는 그가 격식을 갖추려 노력하는 것을 느낄 수 있었고, 고마운 마음이 들었다.

카멜은 행색이 수수한 유태계 알제리인 부부를 내게 소개했는데, 이들은 일주일에 두 번 마을 장터에서 열대지역의 말린 과일들과 지중해의 다른 특산물을 진열해놓고 팔았다. 그들은 내 이름도, 내가 누군지도 절대 알려고 하지 않았다. 내가 이른 아침 카멜과 함께 당도했을 때, 그들은 나를 쳐다보거나 웃는 법도 없이 그저 나를 기다렸노라고 덤덤하게 말했다. 그들에게선 눈곱만큼의 예의도 찾아볼 수 없었다. 그렇지만 나는 모든 것에서 벗어나 오로지 미레유와 함께 기차를 타고 그녀의 품에 안겨 떠나고픈 마음뿐이었다. 그녀는 학교 성적이 좋아서 장학금을 충분히 받았다. 그렇게 약속은 이루어졌고, 우리는 이제 리용 역에 있다. 피렌체에, 베니스에, 마드리드에, 온 세계에 우리가 도착한다!

비참함이 바닥을 치는 가운데에서도 강렬한 행복감이 이 순간 나를 다시 사로잡는다. 몸 안에 갑자기 자유가 흘러들어온 기분이다. 공터에서, 은밀히 그녀의 방에서 혹은 동네 골목길을 정처 없이 걸으며 그토록 자주 꿈꾸었던 감정들과 생각들. 상투적인 소설에 나오는 것처럼 우리는 플랫폼에서 다시 만났다. 그녀도 그러고 싶었을 거라고 나는 생각한다. 나는 말뚝이 박힌 듯 서서 그녀를 기다린다. 그녀가 다가온다. 손을 흔들고, 이어서 그녀는 뛰어들 듯이 내 쪽으로 몸을 던진다. 나는 그녀를 안아 한 바퀴, 두 바퀴 공중에 돌린다. 그녀는 모자가 떨어질까 붙잡으면서 얼굴 가득 미소를 함빡 띠고 나를 껴안는다. 그녀는 깨끗하게 손질된 하얀 면 원피스를 입었다. 속치마의 끈이 레이스로 되어 있고 무릎까지 내려오는 드레스를 입은 그녀는 발레리나처럼 경쾌하다. 내가 너무나 좋아하는 텔레비전 광고에 나오는 여자가 입은 것과 완전히 똑같은 차림이다. 그녀는 물로 몇 발짝 뛰어들어가면서 하늘 높이 모자를 던진다.

바로 그날, 그 모습, 그게 미레유였다! 내 인생의 왕녀, 미칠 듯 소용돌이 쳤던 그 밤들.

이탈리아까지의 여정 내내 얼마나 많은 말과 사랑을 주고받았던가. 우리는 먼저 파리를 통과해 교외를 거쳐 RER 역들, 음울하고 더러운 회색빛 도시들을 지나고 시골 마을들도 지났다. 모든 것에서 멀어져 행복하게 고요 속에 잠긴 그녀와 나, 둘만의 세상이었다. 숱 많은 까만 곱슬머리를 내 가슴팍에 대고 잠이 든 그녀의 미소가 내 살갗에 와 닿는다. 그녀는 내게 꼭 붙어 있고 나는 그녀의 세상 안에 있었다. 둔중한 기차의 끝없는 리듬에 실려, 그녀는 고요히 잠을 잤다. 이탈리아에서 맞은 첫새벽, 여름 아침의 차가움이 우리를 잠시 떨게 했다. 새로운 냄새, 새로운 경관이었다. 인상이 편안한 세관원이 이런저런 지시를 했고, 그것은 우리를 환영하는 음악처럼 들렸다. 미레유는 우리가 정말로 함께 떠나온 것이 맞는지 확인하듯이 나를 슬쩍 살펴보았다. 마음이 놓인 그녀는 기지개를 켜고, 웃음을 지었다. 미레유와 나는 피렌체에 도착한 것이다. 아침 여섯 시였다. 도시는 아직 잠들어 있었다. 우리는 더럽고 무지한 관광객 무리가 없는 한적한 거리를 걸으며 즐거움을 온전히 누리고 싶었다.

그녀는 얼마나 여러 번 내게 피렌체에 대해 이야기했던가, 그 강렬한 아름다움에 대해서. 너무도 강렬하여 거기에 매혹된 여행자들이 도리어 불안감을 느끼는, 특히 스탕달이 너무도 정확하게 표현했던 바로 이 광장에 대해서 말이다. 우리는 그 유명한 다리를 건너자마자 그곳을 바로 찾아내었다. 광장은 무척 좁았고, 궁전은 너무 높았지만, 열렬한 취기처럼 솟구쳐 오르는 감정이 이내 우리를 덮쳤고, 그녀는 기절한 듯 내 팔에 안겼다. 미레유, 내 몸과 함께 전율하는 너를 느끼는 이 감미로움. 내 몸에 이렇게 너를 완전히 내맡기다니, 사랑하는 기쁨이야말로 이 세상이 주는 진실이라 확신하며 내게 안겨온 너를 음미한다.

베니스에서, 그녀와 나는 운하의 미궁 속을 미끄러져간다. 한 번은 꼭 가보려 했던 리도 섬 해변에서 우리는 물놀이를 즐겼으며, 로마 캠프장의 수많은 별 아래에서는 주저 없이 사랑을 나누었다. 포옹하는 데 정신이 팔려 제노바 역은 지나쳐버렸지만, 우리는 어린 시절의 또 다른 꿈인 니스에 내려 조약돌 해변에서 쉬었다. 아무 말도 나누지 않고, 가장 높은 하늘에 눈을 고정한 채 살아 있다는 느낌을 온 가슴에 채워 넣었다. 우리는 세비야까지 계속 내려갔다. 숨막히는 여름 더위가 한창이던 스페인, 서른여섯 시간의 기차 여행 동안 씻지 못한 그녀의 짙은 체취가 내 평온한 마음을 흩뜨린다. 미레유, 너를 얼마나 갖고 싶었는지!

마지막 여행지인 포르투갈, 리스본 골목길에서 길을 잃었지. 조그만 카페에서 그녀는 백포도주를 너무 많이 마신다. 곧 떠나야 한다는 것에 대해 불평을 늘어놓지 않으려고 애쓴다. 그녀도 나도 슬픔이나 회한에 젖은 말은 한마디도 꺼내지 않으면서, 우리는 이 머나먼 고장에서 마지막 산책을 할 수 있음에 감사한다. 포석이 깔린 가파른 길을 걷던 그녀가 살짝 비틀거린다. 고요히 잠든 도시에 오직 우리 둘만이 깨어 있다. 우리는 점차 커지는 욕망에 몸을 맡긴다. 벽에 기대어 서서, 그녀는 당장 자기를 차지하라고 내게 명령한다. 신음이 배어 나온다. 내 눈에 비친 그녀의 깊은 눈 속 가을, 그녀도 나도 옷 한 자락 벗지 않았지만, 우리는 그 필연의 공간에서 서로의 육체의 리듬을 한 번 더 발견할 수 있었다. 그녀가 전율하며 나를 세차게 껴안는다. 나를 통째로 빨아들일 수 없다는 괴로움과 기쁨의 표정 가운데에서도 오르가슴을 느끼며 놀란 듯 그녀의 눈이 커진다. 그 모든 것이 내게는 아름답고 유쾌하다. 둘이 함께 공중으로 떠오르는 것 같은 절정의 느낌에 나는 깊은숨을 내쉬고, 미레유는 나를 바라본다. 그녀의 손가락이 내 살을 파고들 듯 나를 꽉 잡는다. 그녀는 몸을 좌우로 흔들며 애무한다. 불규칙한 경련에 몸을 내맡기며 미레유는 쾌락에 빠져든다.

　파리로 돌아오는 기차에서 우리는 다음 여행에 대해 이야기했다. 우선 이스라엘에 가야지. 기쁨이 넘치는 네 모습은 정말 아름다워. 너는 잘 알고 있어. 이상하고 새로운, 양을 제대로 잴 수도 없는 이 묘약을 어떻게 사용할지. 내 손 위에 네 손이 포개지고, 우리 둘의 체취가 뒤섞인다. 끝을 모르는 이 열정을 어떻게 맞아들일지 너는 잘 알고 있어. 너는 우리 미래의 열쇠를 만들어내지. 문명과 역사가 시작된 예루살렘, 바닷가에서 휴식하고 즐길 수 있는 에일라트[12], 그녀의 삼촌 중 하나가 이스라엘의 집단 농장에 살고 있어. 그녀는 날 그곳으로 데려갈 거야. 나와 함께 가서 그녀는 자기 민족의 땅을 발견하고 싶어 해. 그다음에 바콩고족[13]의 나라에 가서 몸과 영혼을 적실 거야. 우리 눈에는 보이지 않는 영원한 표범들이 너그럽게 보호해주는 곳이지. 마법사들을 두려워하지 않고 조상의 묘에서 명상에 잠길 거야. 그녀는 무척 좋아할 거야. 어린아이 같은 열정으로. 우리는 푸앵트누아르[14] 해변의 백사장에 길게 누워 대서양이 전해오는 우렁찬 소리를 들을 거야. 거기, 얼굴 가득 내려오는 하늘 아래에서 우리는 황홀한 꿈을 부풀릴 거야. 한 번 더 말이야!

기차는 단조롭게 엔진 소리를 낸다. 무더운 여름날의 평야와 늘 그렇듯 초라한 건물들이 다시금 지평선을 메운다. 차창 밖으로 우리는 여행객들이 기계적으로 RER를 타고 파리의 시끄러운 거리와 지붕들 아래 도착하는 광경을 바라본다. 미레유와 나는 서로에게 몸을 기대고, 평화롭게 잠이 든다.

우리가 보낸 그 절정의 밤들을, 네 품에 머리를 묻고 잠들 때의 그 고요를, 너는 어떻게 잊을 수가 있니, 미레유? 정말 그 모든 게 어린애들 장난이라는 거니? 카멜이 파란색 중형차를 훔쳤던 그 저녁을 기억해봐. 드리사와 난 저녁 파티에 갈 땐 RER를 타곤 했는데, 카멜이 괜찮은 택시가 생겼다고 자랑했지. 너는 다른 데 가려고 했어. 그래서 길에서 차를 잡아타고 가버렸어. 이건 빌려 온 거라고 해두지. 연대의식 만세! 카멜은 몇 개 남지 않은 이를 다 드러내며 웃고, 우리는 그렇게 저녁 파티에 가려고 떠났다.

국도를 15킬로미터쯤 달렸다. 차 주인이 음악을 제법 아는 모양이네. 스피커에서 밥 말리가 흘러나온다. 카멜은 항상 그렇듯 무면허 운전, 면허를 딴 적조차 없다. 드리사는 걱정이 가득한 얼굴로 조수석에 앉아서 뒤편에 앉은 내게 미레유가 나중에 우리 모임에 올 건지를 묻는다. 우리가 탄 차가 너무도 속력을 냈기 때문에 내 눈에는 갓길의 나무들이 한 줄로 이어진 것처럼 보인다. 내가 말을 할 기분이 아니었다는 것을 누구라도 눈치 챌 수 있었으리라. 농담 따위는 더더욱 말할 것도 없고. 드리사는 가출벽이 있는 여동생을 기어이 찾아낸 카멜의 무용담에 귀를 기울였다. 카멜은 여동생의 얼굴에 칼자국을 냈고, 그의 어머니는 그걸 묵인했다. 여동생은 방종이라는 용서받을 수 없는 죄를 저질렀으므로 그 흔적을 얼굴에 평생 지니고 살아야 할 것이다. 말을 잃고, 정신착란에 빠져든 드리사의 또 하나의 질문. 인간 중 가장 훌륭한 사람은 누구지? 나는 레게 음악에 빠져들어 간다. 그리고 진 병을 딴다. 자동차 앞에는 끝없는 침묵이 펼쳐져 있고, 비극적인 이야기의 결말이 냉기처럼 남겨졌다. 드리사는 다른 삶을 살기를 바랐고, 다른 피부, 다른 모습을 갖고 싶어 했던 거다. 카멜은 더 이상 선과 악을 확실하게 구분하지 못한다. 어린 시절 누이와 놀던 순간을 회상하기도 하지만, 난폭한 얼굴을 하고 세상 모두와 걸핏하면 싸우자고 겁 없이 덤비는 데 더 익숙해졌다. 그가 파티장 입구에 주차하자 현실의 모든 고통은 사라진다. 토요일 저녁이니까. 즐겨야 할 시간이니까. 우리는 친구들과 인사한다. 악수를 하고, 서로의 볼에 키스를 주고받으며 카멜은 그 지역 보스의 모습을 되찾았다. 드리사는 가까이하기 어려울 정도로 침울해서 이제는 유쾌함이라곤 전혀 모르는 사람이 되어버렸고, 나로 말할 것 같으면 이미 술에 취하고 절망에 빠져 그녀가 다시는 돌아오지 않으리라는 예감에 떨고 있었다. 뤼도빅도 그 자리에 함께 있었는데, 그는 넓은 무도장에서 미친 듯이 춤을 추고 있었다.

드리사가 울면서 토하는 나를 보살피고 있을 때 미레유가 카롤과 같이 도착했다. 다정하고 세심하게 나를 돌보던 드리사는 내가 미레유를 무척 기다렸다고 그녀에게 전했다. 파티장에서 즐기고 싶은 마음과 내 옆을 지키면서 나를 돌봐야 한다는 의무감 사이에서 미레유는 갈등했다. 미레유, 넌 내 인생의 등대야. 내가 했던 말들에서 너도 그걸 알아차렸을 거야. 너와 내가 나무 둥치에 앉아 있던 밤, 네 목소리는 나를 감미롭게 흔들고, 목덜미를 어루만지는 네 손길은 나의 고통을 덜어주지. 네 허벅지를 베고 있노라면 너의 다리 사이의 우주로 내 머리는 빠져들었지. 아까 바에서 의자 다리들이 부딪치는 소리가 나기 시작했을 때 이미 드리사와 카롤은 사람들과 어울리러 갔다. 미레유는 이 파티에 오려고 히치하이크를 해서 붉은색과 흰색으로 치장된 차를 얻어 탔다. 자동차 주인은 경찰학교에 다니는 파시스트 같은 학생이었으며, 파티장에서 그리 멀지 않은 할머니 댁에 다니러 오는 길이었다고 했다. 그 남자는 미레유와 카롤을 꾀어보려고 했지만, 이런 종류의 파티를 무척이나 두려워했다는 것이다. 그녀는 항상 나의 질투심을 진정시킬 줄 알았다. 안심이 된 내가 웃음을 띠며 그녀의 부드러운 허벅지를 끌어안는 바람에 그녀의 원피스는 말려 올라갔고, 나는 거기 달린 레이스를 이로 물어뜯어 떼어내 버렸다. 그녀는 살짝 당황해했지만 그래도 처음엔 웃음을 지었다. 그러나 나의 입이 육체의 부드럽고 무성한 부위에 도달하자 곧 목구멍 안에서부터 숨을 몰아쉬었다. 내 입술과 혀에 닿는 그녀의 사랑스러운 정원, 그 안의 꽃잎 몇 장, 그건 연인들의 향신료 같아.

파티장에서 20여 미터 떨어져 어슴푸레한 어둠에 묻힌 우리는 여기 오기 전에 서로에게 가졌던 반감은 잊었다. 갑자기 사람들이 황급히 밖으로 나오는 게 보인다. 최루가스가 뿌려지고, 어떤 이들은 비명을 질렀고, 대부분 눈물을 흘렸다. 이런 혼란 속에서도 싸움판은 계속되었다. 드리사와 카멜이 우리를 극적으로 발견한다. 어서 빨리 여기서 빠져나가야 해! CRS[15] 경찰차가 벌써 두 대나 와 있어. 곤봉에 장화, 헬멧을 잔뜩 신고 있어. 그들은 닥치는 대로 자동차를 덮치거나 아무에게나 달려들어 검문했다.

드리사는 더할 나위 없이 부드럽고 친밀하게, 심지어는 미운 짓 하나 안 하고 잘 놀고 있는 아이들을 대하는 아버지같이 우리를 바라보았고, 미레유에게 고맙다고 인사했다. 카멜은 소동이 없는 저녁 파티는 뭔가 미흡한 것이라 여기는 사람이어서 흥분을 감추지 못했다. 그는 싸움판에 끼어들어 주먹질을 해대다가 경찰을 피해 달아났다. 다행스럽고 또 놀랍게도 미레유가 자기를 여기까지 데려다 준 경찰학교 학생의 차를 발견했고, 카멜은 그 기회를 놓치지 않고 미래의 법질서를 대표할 빌어먹을 놈의 자동차를 훔쳐 난장판이 된 토요일 저녁의 탈출극을 신나게 벌였다. 동네로 일단 되돌아가고 나면 카멜은 이 차를 찌부러뜨리겠다고 큰소리칠 테지.

국도는 캄캄한 암흑에 잠겼고, 아까의 그 나무들은 반대 방향으로 놓였다. 이번에는 음악도 없었다. 미레유와 나는 뒷좌석에서 그 어느 때보다도 밀착되어 서로 얼싸안았다. 내 손바닥이 맨살이 드러난 그녀의 포동포동한 몸통 아래 깔렸다. 손가락이 그녀 안으로 들어가자, 쾌감에 젖은 그녀는 아무 소리도 내지 않기 위해 손을 깨물고 있어야 했다. 심각하게 생각에 잠긴 드리사는 카멜이 분을 이기지 못해 떠드는 이야기를 건성으로 듣고 있었다. 그는 한 번도 알제리의 태양을 본 적이 없었는데, 왜냐하면 그의 아버지는 전쟁 때 프랑스를 위해 싸웠기 때문이다. 모든 사람이 도망쳤지만, 프랑스인들을 위해서 그는 남았다. 검은 피부, 곱슬머리면서. 아랍인이면서. 다른 이들에게 그는 배신자의 아들이다. 말을 하면 할수록 그는 점점 차를 난폭하게 다루었다. 그에게 자동차는 복수의 도구였다. 동네에 다다랐을 무렵 나는 차에 한 시간만 있게 해 달라고 부탁했다. 그 후에도 자동차를 결딴낼 시간은 충분하니까. 그와 드리사는 재미 좀 보라면서 기꺼이 우리를 위해 자리를 피해주었다.

홍분상태에서 잠시 빠져나온 미레유는 카멜을, 그의 태도, 그의 말들을 비난하기 시작했다. 카멜 같은 부류와 가까이 지내는 것이 그녀로서는 얼마나 지긋지긋한 것이었는지! 그럼에도 그것이 우리의 최고의 밤이었다는 것은 분명하다. 그녀를 조금 전의 상태로 되돌리는 데에 아무런 문제가 없었다. 미레유, 아 미레유, 그 고요했던 밤, 우리의 입맞춤은 서로를 갈망했지. 몸을 더듬는 손길과 축축한 욕망이 뒤엉키며 너는 고통스러울 정도로 쾌락을 갈구했지. 욕망을 충족시키는 데 온통 사로잡힌 여인이 되어 너는 내 옷을 벗겼지. 치마는 가슴께까지 들려 올라가고, 미레유는 사랑을 나누는 데 푹 빠져든다. 그녀의 손길이 나를 꽉 껴안는다. 자동차 구석에 박힌 채, 주체할 수 없이 서로를 갈구하던 우리는 결합의 끝까지 도달했지. 그게 우리의 첫 경험이야!

어둑한 공터에서 카멜은 조용히 솔방울을 굴리면서 드리사에게 카롤과 왜 다투었는지를 물었다. 그녀가 뤼도빅 같은 부르주아 개자식과 가버리게 놔두면 안 되는 거였는데, 왜 그랬냐고 물으면 뤼도빅은 내일 그를 마구 패버리겠지. 대답 대신 드리사는 처음으로 마리화나를 꺼내 길게 연기를 내뿜는다. 아주 멀리, 부드럽고 고요한 곳으로 열기와 경쾌함의 느낌을, 덧없긴 해도 위안을 주는 것임에 분명한 연기를 애무를 날려 보내듯 계속해서 뿜어댄다. 한 모금 한 모금 마리화나를 빨아들일 때마다 타들어 가는 소리가 타닥타닥 난다. 두 사람은 그 소리를 들으며 허울뿐인 일체감에 다시금 사로잡힌다. 힘이 빠져나간다. 몸은 부드럽게 늘어지고, 행복과 단순함의 무수한 이미지가 머리를 점령한다. 시간은 쉬이 흐르고 삶은 이렇게 좋은 것으로 이루어진 것을.

6

미레유는 내 허리에 손을 얹고 나를 자기 쪽으로 유도했고, 나는 그녀를 공략하는 나의 리듬에 그녀가 따라오도록 했다. 처음의 고통이 사라지자, 그녀는 몰입하여 점점 빠져들었고, 나는 그녀의 온몸을 열정적으로 애무하며 옷을 모두 벗겼다. 그녀는 뒷자리에 앉았고, 나는 거의 일어선 상태로 그녀를 정면에서 마주 보았다. 그리고 양손으로 스피커를 쥐고, 헐떡임에 일그러진 그녀의 얼굴을 내 가슴에 묻었다. 옹색한 차 안은 해가 가득 비치는 평원으로 바뀌었다.

카멜과 드리사는 공터에 길게 드러누워 더 이상 아무런 말도 나누지 않은 채 환각이 일으키는 구원의 손길이, 밤의 관능적인 감각이 머리끝에서부터 발가락 끝까지 흐르도록 내버려 둘 뿐이었다. 아무것도 존재하지 않았고, 피와 뼈는 망각되고 녹아내렸으며, 아름다운 빛이 공간 전체를 붉게 물들였다. 거기에는 조국도, 과거도, 미래도 없었다. 그들에게는 그저 모든 게 좋게만 느껴졌다.

일 분일까. 한 시간 혹은 그보다 더, 아니 덜한 시간일까. 모든 게 더 이상 의미가 없어졌다. 환각의 시간이 그치기가 무섭게 카멜은 경찰의 이 빌어먹을 고물차를 해치워야 할 때라고 결심했지만, 드리사는 이미 아무 소리도 듣지 못하는 상태였고, 연신 웃기만 했다.

카멜이 자동차로 다가왔을 때 미레유는 가슴에 나를 꼭 안은 채 잠들어 있었다. 그녀는 좀 더 오래 안아달라고 졸랐고, 나는 그녀의 몸에서 긴장이 풀려가는 것을 감미롭게 음미할 수 있었다. 그녀는 엄마들이 하듯, 오랫동안 나를 품에 안고, 깊은 한숨을 내쉬며, 때로는 키스로 나를 뒤덮기도 했고, 때로는 머리카락을 부드럽게 어루만졌다. 그렇게 우리가 몇 분가량 잠이 들었을 때 카멜이 우리를 놀라게 한 것이다. 이봐, 닭살 커플! 나도 이제 볼일이 좀 있는데! 결합의 흥분에서 미처 벗어나지 못한 우리가 재빨리 옷을 다시 입을 때까지 그는 조심스럽게 멀찌감치 떨어져 기다려주었다. 우리의 첫 경험은 너무도 아름다웠기에 우리는 이후로도 결코 거기에 대해 이야기를 꺼내지 않았다. 말이란 때로 감각의 기억을 추하게 만드는 것이니까. 아파트로 돌아오는 길에 우리는 금속판이 찌그러지는 소리를 들었다. 카멜이 잠자러 가기 전에 분노를 터뜨린 것이었다.

미레유, 나의 연인, 나의 사랑, 나의 평화. 그 무엇과도 바꿀 수 없다. 너의 가슴에 얼굴을 묻고 잠들던 그 마법 같은 순간을.

잠결에 둔탁한 소리가 들려온다. 멀리서 비명이 점점 가까워지며 나를 깜짝 놀라게 한다. 이윽고 나는 그것이 절망에 빠진 어느 여인의 끔찍한 울부짖음이란 걸 알아차렸다. 그녀는 자신의 남편이 다시는 돌아오지 않는다는 사실을 믿으려 하지 않았고, 극도로 흥분하여 비명을 질렀다. 그녀의 남편은 어디에 있는 거지? 그들의 어린 딸 마리는 어떻게 되는 거야? 그녀는 무슨 일이 있어도 남편을 기다리겠다고 소리친다. 이 모든 게 그저 악몽일 뿐이야. 고약하고 짓궂은 장난이라고. 그녀는 남편에게 연락하겠다며 전화기를 빌려달라고 부탁한다. 어서 빨리! 사람들이 떨리는 목소리로 그녀를 위로하지만 헛일일 뿐. 그들은 진심으로 애석해하고, 어떤 이들은 그녀와 함께 흐느끼기도 한다. 자제하지 못하고, 이성을 잃을 정도로 몸부림치는 여자를 나는 상상한다. 그녀가 막바지에 몰린 나를 보러 올 수 있으면 좋겠다. 그래서 우리가 함께 고통을 나눌 수 있다면 얼마나 좋을까. 그녀가 외친다. 쓰레기 같은, 인간 같지도 않은 놈이 대체 누구냐고. 끔찍한 괴물이 아니고서야 그런 짓을 할 수가 없지. 나는 그녀를 너무나 이해할 수 있어. 내가 그녀에게 도움을 청하면 사람들이 나를 풀어주러 올 거야. 성난 맹수를 부리듯이 나를 부당하게 대하는 것도 그만두겠지. 그녀는 슬픔에 목이 잠기고, 나는 감방 안에서 공포에 사로잡힌다. 우리의 비탄이 서로 합쳐짐으로써 이제 우리는 걱정에 잠긴다는, 똑같은 본질을 갖는다. 부인, 나는 당신을 알지 못하지만, 나는 벌써 당신을 사랑하는 것 같은 기분이 들어요. 당신이나 나나 감수성이 극도로 예민한 사람들이죠. 그런 사람들이 일으키는 이 반항이 우리를 영원히 하나로 만들 겁니다. 우리가 박탈당한 이 삶이 대체 무엇인지, 우리가 누구인지 우리는 더 이상 알지 못해요. 우리 행동의 의미도 더 이상 이해할 수가 없어요. 당신은 잃어버린 남편과 함께 있던 자신을 생각하며 벌써 울고 있지요. 나도 그렇게 잃어버렸어요. 잃는다는 건 고통스러운 일이에요.

얼마간 시간이 흘렀다. 살을 가격하는 둔탁한 주먹 소리, 그 아래로 뼈가 으스러지는 소리. 그들은 때리고 나는 얻어맞는다. 잠자게 해줘. 기억하게 해줘. 지쳐 쓰러지겠어. 나를 때리고 밀어붙이는 자들은 분명히 여러 명이었다. 몇몇은 반대로 나를 보호해주려고 하였다. 이건 제복과 모욕, 사회질서를 외치는 호소가 뒤얽힌 왈츠. 이 살인자, 그 사람은 한 가족의 가장이었어. 아내와 젖먹이를 남기고 갔지. 그 아이는 제 아버지가 누군지 절대로 기억할 수 없을 거야. 그 모든 것이 너 때문이야. 사람들은 너를 짓밟고, 돼지 멱을 따듯 네 피를 볼 거야.

나도 네게 노래를 불러주겠어. 상처받고 부서진 내 마음을 쏟아부은 노래를. 검은 휘장을 드리운 블루스를. 내 노래를 듣기가 괴롭다면 네 영혼을 울부짖게 할 장송곡으로 너를 어루만져주지.

나는 폭풍 속에 뜬 배, 내 몸은 나를 능가하는 격렬한 힘에 좌우되지. 그 힘이 나를 이리저리로, 위로 아래로 데려가지. 그만, 처벌할 테면 하라고 해. 이상도 하지. 하나도 고통스럽지 않다니. 나는 이 혼란스럽고 거친 변화들에 감사한다. 그 방식대로 나의 고통을 달래주니까. 그리고 그 덕에 나는 다시 한 번 해방되니까.

7

어렸을 적의 일이다. 어느 날 아침 콩고 강의 소용돌이에 휘말려 물에 빠질 뻔했을 때 나는 조상의 몸에 들어간 적이 있다. 갑자기 내 주위에 순결한 존재 하나가 다가와 나를 달래주는 것 같더니 그와 동시에 뜨겁고 쓰라린, 찌는 듯하고 죽을 것 같은 느낌으로 괴롭힌다. 공포감과 공허 속으로 들어오라는 유혹에 맞닥뜨리자 눈이 크게 뜨였다가 감긴다. 삶은 너무도 하찮은 것. 나는 목숨을 내려놓고 새로운 모험을 향해, 이 모든 무거운 짐을 벗고 자유로워질 수 있는 종말을 향해 떠나고 싶었다. 다만, 이 모든 것을 떠나야 한다는 게 두려울 뿐.

친구들과 미역을 감고 놀다가 조상이 만용을 부리며 변덕스럽게 부글거리는 위험한 물속으로 뛰어든 적이 있다. 예닐곱 명의 아이들이 땀에 젖어 놀던 중이었다. 그중의 한 명이 물놀이를 하자고 제안했다. 그중 누구도 강물에 들어가는 게 무섭다는 고백을 차마 하지 못했다. 금지된 것을 거스르고 싶은 마음이 아이들을 부추겼다.

몇몇이 먼저 물에 뛰어 들었다. 어떤 아이들은 짙고 푸르게 넘실대는 물 앞에서 머뭇거리다 나중에야 합류했다. 조상도 그중 하나였다. 아이들은 10미터쯤 물을 거슬러 올라가 물풀이 너울거리는 곳에서 모이기로 했다. 가장 먼저 도착한 대담한 아이들이 고개를 들었고, 그 애들은 조상을 놀려대기 시작했다. 빨리 간 아이들이 하류 쪽을 보며 불러대는 소리가 파도처럼 으르렁거리며 들려왔다. 아니 그건 물에 빠져 울퉁불퉁한 바위에 영원히 영혼을 붙잡힌 아이들의 비명이었을까?

조심해. 아이들이 숨을 헐떡이며 말했다. 이제 조상은 제방이 어디에 있는지 분간할 수 없었다. 눈앞에는 검붉은 하늘만 보였고, 강렬한 공포만 곁을 에워쌓다. 그는 헤엄을 치다가 갑작스레 변덕을 부리는 물에 빠지고 말았다. 그는 지쳤다. 자기의 비명에 숨이 막히면서 부글부글 거품을 일으키는 거대한 물결 속에 빠져들었다. 죽은 자의 손아귀가 그를 단단히 붙잡았다. 방향을 잃은 그는 모든 희망을 접었고, 성난 강물의 소용돌이 아래 고꾸라질 터였다.

물속에서의 몇 분간의 여행, 보이는 세계와 보이지 않는 세계 사이에서의 출렁임. 죽은 사람들의 영혼이 있는 곳으로 가는 수밖에 없구나 하는 생각에 잠시 사로잡혔다가 생명을 공급하는 산소를 가슴 가득 채워 넣으려고 한순간이라도 물 밖으로 고개를 내밀고, 햇빛을 받고, 비명을 질러 구조를 요청했다. 제방 위의 소년들은 돌이킬 수 없는 재앙이 내리고야 말았다는 생각에 있는 힘을 다

해 달아나버렸다.

조상은 고요하고 현명하며 충만한, 신비로운 존재들을 보았다. 그것은 평화와 정의와 평정의 세계였다. 이 위태로운 여정을 겪는 사이, 그의 앞에 불가사의한 인물이 나타났다. 시간의 흐름 때문에 빛이 바래고 지쳐버린, 나약하고 복합적인 인간의 본질을 그대로 드러내는 모습으로 말이다. 그는 눈과 그 눈이 보내는 메시지로 흐리게 앞을 가려오는 물을 이겨내기 위해 맞서 싸운다. 그는 저편 세상이 보내온 신호다. 그 인물은 백발노인의 보좌를 받고 있었다. 노인은 지팡이에 간신히 몸을 의지하고 있었으나 위엄이 있었으며, 죽은 자들에게 조상을 살려달라고 간곡히 사정하였다. 바로 그 순간, 조상은 사자(使者)로 인정받았고, 그의 몸에는 인간의 육체와 피 외에도 표범의 영기가 흐르게 되었다.

나는 물에 빠졌다가 저곳에서 되살아난다! 모든 것이 다시 한 번 뒤섞인다. 폭포 상류의 물, 나의 머리, 팔과 다리가 멈추어 버티지 못하는 난투. 나는 기꺼이 가겠다. 나의 고통아 흘러가라, 팔 벌려 너를 맞을 테니, 희망의 날들을 데려와라. 그때 갑자기 내 손바닥에 나뭇가지 하나가 스치고, 나는 그걸 낚아챈다. 기적이 이루어지는 순간이다. 내가 받아들이기로 했던 새로운 출발점은 멀어진다. 그리고 나는 제방에 수백 년 전부터 굳건히 자라고 있던 그 뿌리들 쪽으로 다가가기 위해 마지막 남은 힘을 짜낸다. 나는 급류 가장 깊은 곳에서 일어나는 우수에 젖은 이별 노래를 듣는다. 나는 난파된 사

람들의 마음으로, 삶으로 다시 다가간다. 고통과 잊을 수 없는 번민
으로 내가 오래도록 눈물 흘리고 한숨을 내쉬고 난 뒤에, 그 마음이
나를 깨운다. 여러 세대 이전부터, 나는 폭풍 속에 있다. 나는 뇌우
속에 있다. 그렇게 내 피부에 쓰여 있다. 마침내 나는 깊이 잠든다.

$\int$

프랑스 땅에 첫발을 내딛던, 감격스럽던 그날을 기억한다. 1월이었다. 비행기에서 제일 먼저 내려오며 깡충깡충 뛰던 아이는 그토록 꿈꾸었던 이 세계에도 역시 비가 내린다는 걸, 춥고 음울한 기후에 음산한 기계 소리가 가득한 혹독한 곳이라는 걸 확인한 뒤 실망한다. 내가 상상했던 건 온화하게 내리쬐는 햇볕 아래 커다랗고 둥근 초록 지붕들로 뒤덮인, 그리고 그 지붕들 아래 백인들의 조화로운 삶이 있는, 경이로운 것들로 가득한 나라였다. 나는 백인들이 고귀한 인류애가 넘치는 세상을 이루어냈다고 믿었을 뿐만 아니라 그 세상에는 내가 알던 물리적이고 우발적 사건들이 존재하지 않는다고 믿었다.

제일 처음 나를 환영한 것은 매서운 추위였다. 한기가 얼굴을 파고들었고, 손가락은 뻣뻣하게 굳어지다 못해 뼈를 에는 것처럼 아파왔다. 그뿐이 아니었다. 가장 불쾌하고 놀라운 일은 짐을 풀었을 때 벌어졌다. 모두가 말을 잃은 가운데 충격받은 어린아이의 불평만 흘러나왔다. 나는 집으로 돌아가는 길을 잃어버렸다. 서서히 차별의 감옥 속에 나를 가두었다, 나는.

넌 뭐지, 중국인이니? 어린 시절 연한 색 눈을 대할 때면 얼마나 두려웠던지, 지금 생각하면 우습기 짝이 없다. 독립 기념일 퍼레이드에 나선 전사들의 뾰족한 화살 끝처럼 생긴 코와 그 좁은 콧구멍을 보며 어린 마음에 나는 이 사람들은 숨을 쉴 때 얼마나 힘들까 싶었고, 그러한 고통을 겪는 그 사람들을 보는 것이 괴로웠다. 그들의 눈은 벌겋게 드러난 생살 같았다. 초등학교 시절에는 다행히도 내 옆에 미레유가 앉아 있어서 여선생님에게 꽉 붙잡힌 내 손을 낚아챘고, 우리는 함께 운동장으로 달려나가곤 했다.

멋진 미레유, 본능적으로 유배의 상처를 이해한 그녀. 우리는 고작 다섯 살이었지! 그녀는 어린 여자애들이 입는 짧은 원피스를 입었지. 그 아래 흰 면바지는 몸에 잘 맞지 않아서 장밋빛 맨 엉덩이가 늘 내 눈에 띄곤 했다. 온 교실이 주님 공현 대축일[16]을 축하하던 날이었다. 말도 알아듣지 못하고, 프랑스의 전통도 알지 못하는 내가 케이크 안의 인형을 깨물었을 때, "쟤가 가졌다!"라고 외치며 나를 곤경에서 구해준 미레유. 다른 아이들도 덩달아 미레유가 한 말을 되풀이했다. "쟤가 가졌다!" 영문을 모르는 나에게 환호성과 비난이 뒤섞여 쏟아진다. 나는 훌쩍이며 큰소리로 울기 시작한다. 미레유는 재빨리 내 곁에 의젓하게 붙어 서서 내 허리에 가냘픈 팔을 둘러주었지. 적대자들로부터 나를 구해준 미레유. 처음부터 그녀는 나의 여왕이었다.

　한참 시간이 흐른 뒤, "학교는 절대로 필요한 것!"이라는 조상의 말씀은 내 작은 가슴에 강하게 메아리치며 나를 비틀거리게 했다. 여기가 네 나라가 아니라는 걸 결코 잊지 마라. 그게 이방인의 부담이지. 백인들보다 항상 뛰어나야 해. 안 그러면 무시당하니까. 다행스럽게도 내 손에는 미레유의 작은 손이 쥐어져 있었고, 그녀는 장난스럽게 팔을 위아래로 흔들어댔다. 그녀는 나를 파랗게 만들었고, 조금은 초록빛으로 그리고 저항의 힘을 가진 붉은 색조로 전체를 물들였다.

　이제 자라. 쉴 수 있을 때 조금이라도 쉬어야지. 두려워해야 할 유일한 감옥은 네가 날마다 너 자신을 가두는, 네가 감옥지기로 있는 바로 그 감옥이야. 벽돌과 시멘트, 강철은 잊어버려. 너의 피눈물이 쇠창살 위로 흘러내리게 두어라. 이 더러운 바닥에 몸을 누이고, 내가 지나온 자취를 밟으며 나를 따라오렴. 영혼과 마음을 열어. 기억을 해봐!

　나는 너의 삼촌이야. 네 아버지를 찾으러 그가 태어난 정글에 갔었지. 완고한 우리 어머니는 수녀원에서 도망쳤고, 정답기 그지없던 사제들에게서도 떠났지. 그녀는 자기 뜻과는 상관없이 수녀원에 머물렀던 거고, 결국엔 삼촌들과 나머지 가족들을 따라간 거였어. 그 무렵에도 우리는 여전히 식민지 치하에 있었는데, 상식을 벗어난 이 미치광이 가족은 식민당국에 맞서 신분증을 불태우고, 백인들을 감히 똑바로 바라보았을 뿐 아니라 감옥에 끌려가는 것도 개의치 않았어. 그들로서는 떠나는 편이 더 나았을 거야. 그 모든 것이 불행으로 끝날 게 틀림없었으니까. 그래서 그들은 멀리, 정글 가장 깊은 곳으로, 우리의 첫 번째 마을에까지 오게 된 거지. 음봉기[17)의 한가운데 있는 광장에는 늘 불이 타오르지. 그 주위로 나무와 흙, 나뭇잎으로 지은 오두막집이 몇 채 서 있고, 가축들은 축 늘어져 쉬고 있지. 불, 나는 불을 좋아해. 불은 모든 이가 알고 있는 우리의 영혼이야. 밤이 오고, 우리 모두 불가에 둘러앉을 때가 하루 중에도, 일생을 통틀어서도 최고의 순간이지.

너도 알지? 네 아버지와 할머니는 마을에 산 적이 없다는 것을. 그들은 1킬로미터가량 떨어진 숲 속의 빈터에 살았어. 밤이 되면 어둠이 하늘을 뒤덮고, 아침이 올 때까지 아무것도 보이지 않는 곳이지. 그날의 불이 꺼져갈 무렵이면 사람들은 춤을 추기 시작하고, 네 영혼이 너와 그들을 친밀하게 만들어주지. 그들은 우리와 음봉기를 밤새워 지켜줘. 네 아버지는 밤에 깨어 있는 걸 좋아했어. 할머니께선 그 점이 조금 걱정스럽다고 내게 말씀하셨지. 네 아버지는 양손을 무릎 위에 얹고 머리를 때로는 왼쪽으로 기울였다가 때로는 오른쪽으로 기울였다가 했는데, 그래도 대체로는 항상 별들

쪽을 바라보면서 검은빛에 온몸을 적시고 싶어 했어. 그 빛과 그걸 타고 쏟아져 내려오는 천사들과 하나가 되고 싶어 했지. 어느 날 갑자기 그를 찾아간 우리 어머니의 동료가 감쪽같이 사라지는 일이 벌어졌어. 그런 일이 일어나자 그렇잖아도 그를 향하던 의혹이 굳어지고 말았어. 그의 동생이 왕뱀과 교미하던 자기 형을 현장에서 붙잡은 뒤로, 사람들은 그를 인간의 탈을 쓴 뱀이라고 공격했지. 그는 뱀의 습격을 받은 것이라고 주장했지만, 아무도 믿지 않았어. 그의 막냇동생과 마침 그곳을 지나가던 두 노파가 몇 시간이나 신들린 상태가 되었기 때문이지. 그래서 이 불행한 남자는 작은 마을 읍장의 부관 자리를 내놓아야만 했지. 인간의 탈을 쓴 왕뱀이라니, 사실 얼마나 끔찍한 일이냐. 젖먹이나 어린 것들이 열병에 시달릴 때면 대개 이런 인간을 제물로 삼기도 하지. 숲 속 빈터에서의 생활은 아주 평온했어. 달도 뜨지 않는 적막한 밤에 벌거벗고서 초현실적인 세계와 아무런 장애물 없이 행복하게 이야기하는 네 아버지와 몇 살 먹지도 않은 그의 의붓아들을 그가 찾아내기 전까지는 말이야. 피곤하기 짝이 없겠지만 들어봐. 너 자신을 가라앉히고, 말들이 흘러가도록 내버려 둬.

나는 네 아버지가 보이지 않는 세계에 그토록 애착을 보이는 것을 결코 이해하지 못했어. 그는 특히 어린애를 보면 열광하곤 했지. 그런 이야기라면 몇 시간이고 하면서도 대다수 사람들이 자기들이 보는 것, 손에 확실히 잡을 수 있는 것에 쉽게 만족하는 것은 이해하려고 하지 않았지. 그처럼 영적인 소년이 나에게 돌팔매질을 했다는 사실을 믿을 수 없었어. 그는 비비원숭이처럼 한결같이 야생 그대로였고 이후로도 그럴 거야.

손주를 짐승처럼 키우고 싶지 않다고 네 할머니가 부탁하셨기에 나는 그를 시내로 데려갔어. 다른 아이들은 그를 보자마자 시골 뜨기라고 불렀지. 왜 그랬는지는 너도 이해하겠지. 어쨌든 거기서 도망치다가 그는 길에서 백인 사제와 마주쳤어. 우리 엄마처럼 그도 곧 식민 사회가 부당하다고 여기고 반감을 품었어. 사람들은 세금을 내지 않으려고 길에 줄줄이 늘어서 있었지. 특히 식민제국 사방 곳곳에서 몰려온 민병대원들은 골통들인데다 거칠기 짝이 없었어. 명목상으로는 전도한답시고 참전했지만, 사실 특공대에 어울릴 법한 힘깨나 쓰는 사람들이 모인 거지. 그놈들은 이른 새벽부터 큰소리로 성경을 읊어대면서 온 동네 사람들을 깨우고, 불평분자들이 보이면 개머리판으로 후려치는 거야. 민병대들은 프랑스어도 제대로 하지 못했고, 무조건 가죽 채찍을 휘둘러댔어. 남자건 여자건 가리지 않고 말이야. 어리석고 난폭한 놈들만 골라서 뽑은 게 틀림없어. 질문할 때마다 그들은 악랄하게 욕을 하고 무력을 쓰고 침을 뱉었지!

숲 속에 들어가 비밀에 싸여 몇 년을 보냈음에도 네 아버지는 백인들의 책을 놀라운 속도로 빠르게 배우고 읽어냈어. 그 내용과 의미도 잘 깨우쳤지. 네 아버지가 가장 분노했던 건 흑인 마을과 백인 마을을 분리해놓았다는 거였다. 흑인들의 나라 안에 있는 백인 마을인데, 어째서 밤 아홉 시가 되면 중심가에 공포의 사이렌이 울리면서 흑인들은 출입이 금지되고, 그때부터 문명의 시간이 된다는 건지 무엇보다도 그 점을 의아하게 생각했지. 그 무렵 사람들은 파리에서 온 젊은 학생의 이야기를 하곤 했어. 백인들이 신사가 되고 싶은 마음에, 자신들 지배 계급에 입성한 것을 환영한다면서 카페와 레스토랑에서 매일같이 자기를 대접했다고 그 학생은 주장했어. 사람들은 그런 말도 안 되는 거짓말은 입에 담지 말라면서 그의 뺨을 때렸어. 잘난 프랑스에서 공부했다고 해서 자기 조국을 무지몽매하다고 여기는 건 있을 수 없는 노릇이기 때문이지.

격분한 그를 가라앉히기 위해 네 아버지는 그의 수업의 첫 번째 학생이 되었어. 그리고 동시에 우리의 소중한 독립을 위해 싸울 위대한 애국 행동주의자가 되었고, 전 세계의 흑인들을 해방하는 전사가 된 거야. 그 몇 주 동안만큼은 민족주의와 해방의 환희가 우리를 사로잡았지. 왜냐하면 마침내 식민 체제의 끝이 보이기 시작했거든. 밤마다 그는 육체를 벗어나 정신이 지배하는 곳을 여행하곤 했지만, 그것만으로는 매일 닥쳐오는 현실의 순간들을 감당할 수 없던 그런 시절이었지.

그 무렵은 불행히도 평화의 기간은 아니었지만, 자긍심을 지닐 수 있는 시기라고 할 수 있었다. 그러나 네 아버지도, 나도, 그 누구도 폭력이 계속되는 것을 원치 않았어. 독단이 규범으로 여겨지게 되고, 사회 요소요소에 부패가 퍼져 나가는 것을 보고 싶지도 않았다. 사회주의 희극에 나오는 논리로 무장한 인물들처럼 우리만 바보같이 서둘렀던 거야. "모든 것은 민중을 위해. 오직 민중을 위해." 집회에서 이 구호를 들은 한 노인이 어눌한 프랑스어로 물었지. 우리말에는 어째서 이 같은 혁명을 일으키는 민중과 병영의 무기들을 가리키는 제대로 된 단어가 없느냐고. 프롤레타리아 혁명에 앞장선 세력들은 말이다, 자본주의의 하수인이나 다름없는 제국주의의 음모에 물든 이러한 부르주아적인 반응에는 즉시 처벌을 했단다. 그들은 러시아제 칼라시니코프 자동 소총을 노인에게 들이대고 마르크스-레닌주의의 원칙을 학습시켰고, 그의 아내와 딸들의 옷 아래를 들추어 이 잡듯이 뒤지고 수색했지. 혁명의 원칙에 따라 무자비한 폭력을 행사한 뒤에 그들은 노인과 그 아들들도 함께 감금했지. 그들 군대는 얼마나 극렬했는지 몰라!

그때 입은 부상 때문에 노인은 영원히 불구자가 되었고, 자기의 가장 어린 딸을 지역 경찰청장 동지이며, 민중 해방 운동을 실천하는 유일 정당의 사무국장 등등의 직함을 가진 60대 노인에게 시집보내기로 성경에 손을 얹고 맹세를 하고 나서야 간신히 풀려났지. 이미 세 명의 부인과 여섯 명의 정부를 거느리고서 사냥감을 거둬들이듯이 줄줄이 자식들을 낳은 늙은이한테 말이다.

네가 태어난 게 바로 이 무렵이다. 네 어머니는 아프리카의 가장 현대적인 여성이라 할 수 있었지. 그녀는 마오쩌둥 혁명을 신봉하는 중국인들의 영향을 받은 터라 노동을 통해서 새로운 인간을 만들어내야 한다고 굳게 믿었어. 그 중국인들은 훈련을 아주 잘 받았고, 항상 친절하고 남을 잘 도왔지. 그뿐만 아니라 자신들의 사명에 대해 철석같은 믿음을 가지고 있었어. 프랑스어, 링갈라[18] 또는 키콩고어[19]도 제법 잘 구사했어. 악센트는 완전하지 않았지만, 그들의 말에서는 열의가 느껴졌고, 그래서 우리는 중국인들을 높이 평가했지. 그중에는 너를 분만시킨 의사도 있었는데, 네 아버지와 친구가 되었어. 겉으로는 나이를 짐작하기가 어려웠고, 우리 반투족으로서는 도저히 발음할 수 없는 이름이었다. 정기적으로 너를 보러 왔고, 그때마다 자기 나라에서 가져온 선물을 네게 가져다주었지. 그렇게 예의 바르고 겸손한 사람은 드물 거야. 그의 콩고 동료는 유럽 대학에서 학생증을 얻은 그날부터 권위적이고 오만불손한 괴뢰로 돌변했지만, 그 사람은 달랐어. 네 아버지와 중국 의사의 우정은 특이했어. 너그럽고 고결한 이 중국인이 네 아버지에게서 아무것도 받지 않았기 때문이야. 식사 한 끼 함께하는 것조차도 말이지. 그게 당의 지령이었지. 나라 간의 우애에도 제한이 있단다. 장래에 대해 같은 믿음을 갖고 있다 해도 베이징에, 모스크바에, 브라자빌 또는 파리에, 어디에 있는지에 따라 서로 다른 선율과 리듬으로 노래를 부르게 되는 거지.

중국 대표단은 다리를 놓고 도로와 병원을 짓는 임무를 맡았고, 그 옆에는 쿠바 민병대원들과 동독의 고문관들이 자리 잡았는데,

이들은 보안 업무를 강화하는 일을 했어. 프랑스의 청년해외협력단은 학교 교육을 합리적으로 주도해서 적도 아래로까지 프랑스어권을 넓혀나가려는 목적을 품고 있었고, 검은 법의를 입은 바티칸의 사절들은 자신들이 아프리카인들의 영혼을 수호한다고 자처했다. 그 상황에서 아프리카 원주민에게 필요한 것은 수학이 아니라 교리문답 강의이고, 그래서 우선적으로 교리문답을 배워야만 한다고 아주 엄숙하게 주장하기까지 했어! 우리는 원래 주권국이고 독립국이었는데, 그들은 친절하게도 우리에게 자유를 선물했어. 그리고 자기들 손으로 주물렀지. 우리는 먼저 요구하는 걸 배우고, 그 다음엔 주장하는 법도 배웠지. 그러다 이제는 손을 내밀어 구걸하고 탄식하는 진짜 민중이 돼버렸다. 허기에 지쳐, 슬픈 눈으로 하늘을 우러러보지. 약품과 식료품을 가득 실은 수송기의 모습이거나, 천국으로 데려가는 축복이거나, 구원은 그런 식으로 이루어질 뿐이니까.

여러 나라가 어우러져 일을 벌이는 모습을 보면서, 또 멀리 떨어진 다양한 고장들에서 온 사람들이 역동적으로 일하는 걸 보면서 네 아버지 역시 다른 나라에 가보겠다는 의욕을 키우게 됐지. 자신의 언어, 자신의 역사, 지식을 다른 곳에 전하고 싶다는 욕망도 갖게 되었고. 그래서 프랑스로 떠날 준비를 하기 시작했지. 너에게 이 세상과 그 안에 넘치는 다양함을 알게 해주고, 열등감이란 건 아예 느끼지 않도록 해주기 위해서였단다. 그때 네 아버지가 얼마나 행복해했는지. 세상은 너희 것이야!

　쉬어라. 조금 더 쉬어. 굴복하지 말아라…….

　침묵, 고요. 나는 아직 술과 마리화나의 악취 너머에 숨어 있다.
내 몫의 운명은 캄캄하고 더럽다. 내가 처한 몇 제곱미터의 공간,
써내려가야 할 이야기, 그 페이지 대부분은 아직 손대지도 않았고,
시작도 거의 하지 않았는데. 혼미한 상태에서 누운 채로 나는 오줌
을 갈겼고, 간수는 문 뒤에서 허리가 끊어져라 웃어댄다. 진동하는
냄새로 알아차렸겠지. 이 뜨뜻한 느낌은 몇 시간 전부터 나를 거쳐
간 감각 중에 가장 유쾌한 것임에 틀림없다. 젖은 옷이 피부에 축축
하게 붙어와 불쾌감을 주기 전에, 구역질 나는 냄새가 내 코를 가득
채우기 전에 나는 그 희열을 열심히 즐긴다.

　두려움이 밀려온다. 이 상황을 이해할 수 없어. 이 불안이 사그
라지면 좋으련만. 아니, 내 속마음은 실은 지푸라기라도 잡고 싶어.
내 몸 안에 강렬한, 흐트러진 고통이, 위치를 탐지할 수 없는 고통
이 느껴진다. 사지(四肢)와 피부와 장기의 가장 작은 구석구석이 연
속적으로 가혹한 형벌을 일정하게 가한다. 눈 깜짝할 만큼 짧은 순
간이라도 정지하여 잠시라도 고통을 진정시켜주는 법도 없이. 한
없이 작은 감방, 팔을 넓게 뻗을 수조차 없고, 주위에 한 줄기 빛도

바스락거리는 소리 한 자락도 없다. 내 몸은 모든 것이 사라진 망각 속에 빠져들었다. 10여 분 동안, 나는 나무 침대 아래 숨는 장난을 쳐보았지만, 그건 정기 순찰하는 간수의 신경을 자극했을 뿐. 그가 혼비백산하여 사방으로 나를 찾을 동안 몇 초간의 빛을 훔쳐냈을 따름이다. 내가 침대 위에 있건 아래에 있건, 그래서 달라지는 게 뭔데. 독방 속에서 내가 사라져버린 줄 알고 겁을 집어먹었던 간수는 보복으로 나를 때렸다. 오늘, 나는 은행과 세탁소에 들렀어야 했는데. 미쳐 날뛰지 마, 간수 새끼야. 좀 조용히 하라고. 이중으로 된 금속 문이 당신을 안전하게 보호하고 있잖아. 쇠창살도 있고, 자물쇠도 있고, 빗장까지 있으면서.

마치 위성들이 도는 것처럼 지나간 사건들이 내 주변을 맴돈다. 나는 그것들이 여기저기에서 춤추게 내버려둔다. 이 위성들은 일정한 간격을 알아서 지키지. 내 이름이 불릴 때 나는 몸을 숨기고 없는 척한다. 나 없이 계속해. 나는 아직 지켜보고 있어. 내 행적을 맞추어볼 시간이 좀 필요해. 제발 내게 관용을 좀 베풀어봐! 유죄이건 아니건 여기에서 희생자는 바로 나니까! 판결이 곧 내려질 거야. 수사관에서 미레유와 드리사를 거쳐 조상님에게 이르기까지 나의 손에, 나의 다리에, 나의 환각 상태에, 나의 기쁨 또는 슬픔에 답해야 할 것은 오직 나뿐이라는 사실을 나는 잊어버린다. 이 순간, 세계와 나 사이에는 마음을 평온하게 해주는 거리가 존재한다. 다른 누군가가 내 운명의 고삐를 쥐고 있으며, 나는 마침내 아무 두려움 없이 잠들 수 있다. 나는 더 이상 결정하지 않아도 될 것이다. 시간은 흐를 것이고, 그와 더불어 가장 아름다운 광경들도, 나의 실패도 흘러가겠지. 내게 평온을 다오. 길든 짐승의 휴식을 다오. 그 녀석들은 무는 법도 잊어버렸어. 여물통 앞에서 분별 있게 기다릴 줄 알지. 하루 세 끼의 식사, 신선한 공기를 잊지 않게 해주는 하루 한 번의 산책, 무엇보다도 나의 한계를 분명히 알려주는 저 쇠창살.

돌이킬 수 없는 재앙의 환영이 점점 더 빈번하게 내 앞에 나타난다. 나는 달리고, 도망치고, 비틀거리고, 그러다가 끝이 없는 심연 속으로 갑작스레 사라져간다. 그 추락은 이 감옥 사방에 존재하는 냉기보다 더 내 몸을 얼어붙게 하는 지독한 번뇌로 나를 몰아넣는다. 정신이 들면 나는 슬며시 안도한다. 더 이상 아무것도 없다. 표면도, 이면도, 정당한 것도 또는 부당한 것도.

'내가 이곳 감옥에서 썩고 있는 동안 내 방에 혼자 남겨진 가엾은 고양이도 나처럼 외롭겠지' 하는 데 생각이 미치면 나는 소리를 지르거나 울부짖고 싶어진다. 그 가여운 것, 분명히 무서움에 떨며 울고 있겠지. 얼마나 배가 고플까. 너도 내 처지와 다를 바 없구나. 대체 무슨 일이 벌어지고 있는지 전혀 모른 채 기다려야 할 뿐이니.

분명히 무슨 오해가 있을 거야. 희망을 품자. 언제라도 문이 열리고, 당혹감에 얼굴이 붉어진 수사관 옆으로 친숙한 얼굴들이 보일 수도 있어. 난 그의 사과를 받아주지. 지나간 일은 잊읍시다. 시원하게 목욕 한 번 하고 모든 걸 잊자고요. 한두 발자국 뒤에 드리사,

미레유가 서 있고, 참았던 질문들을 내게 던지지. 왼편 보도의 진창에 빠져서 신발에 진흙이 들러붙었다가 이제 180도 돌아서. 자, 다시 출발하는 거야.

나는 한 끗 차로 재앙을 피해 갔다는 즐거움에 심호흡하리라. 최악의 상황을 면한 사람들에게 인생이란 얼마나 아름다운지. 생제르맹 쪽으로 산책하러 가야지. 멋을 부려 차려입고 예쁜 여자들을 유혹할 거야. 멋진 테라스 카페에서 긴장을 풀고 맥주 한 잔을 마셔야지. 환하게 웃으면서 말이야. 실례지만 이 테이블에 앉아도 될까요? 입에 담배를 물고 말을 걸어야지. 그러고는 리용역 간선 철도 쪽에서 차표를 살 거야. 꿈에 그리던 소녀와 단둘이 객차에 올라타 눈앞 가득 펼쳐지는 지중해를 보며 깨어나야지. 나는 곧장 해변으로 갈 거야. 햇빛은 너무도 강렬해서 넋을 잃게 해. 그 소녀는 어디 있지? 이 지상에서 가장 아름다운, 내가 가까스로 만난 그 소녀는? 어쨌든 그녀는 벌써 내가 멋지다고 생각하고 있어. 잘생기고, 지적이라고도 여길걸. 나는 신발을 벗어 던진다. 내 옷차림도 날아갈 듯 경쾌해. 구름이 나를 감싸주지. 그녀와 나는 말 한마디 없이도 서로 이해하게 되지. 바람, 바다, 서로 포옹할 세상의 모든 시간이 우리의 것. 온 바닷가를 통틀어 오직 우리뿐. 그녀의 애무가 나를 진정시킨다. 그녀의 손가락, 그 피부의 감촉은 부드럽고 순하지. 내 몸을 스치는 그녀의 몸짓은 경쾌해. 푸른 하늘에 새들이 떠돌고, 드넓은 바다에는 몇 척의 배가 있을 뿐. 저 멀리, 수평선 끝을 향한 어느 곳엔가 불행하게도 절대 열리지 않는 문이 있구나.

그것은 빗나가지 않는 예감. 귓속이 윙윙거리고, 몇 초 동안 머리 전체가 울리고, 멀리서 누군가가 내게 알리러 온다. 그 메시지는 언제나 그렇듯 치명적이다. 어서 힘을 집중해야 해. 뭔가 일이 벌어졌어. 나는 되돌아올 수 없는 곳까지 가버렸어. 내가 정말 범죄를, 구역질 나는, 끔찍한, 돌이킬 수 없는 짓을 저지른 거라면? 흉측한 범죄자가 된 거라면? 불행을, 슬픔과 비탄을 몰아오는 사람이 된 거라면? 눈물이 쏟아지고, 이어서 내 몸은 공포에 떨기 시작한다. 길게 늘어선 어질고 선량한 영혼들의 행렬이 내게 등을 돌리며 멀어진다. 나는 위엄이라곤 없는 사나운 한 마리 짐승이 되었다. 파리떼, 독수리, 자칼, 아니면 구더기나 다름없는 고깃덩어리 주변을 곁눈질하는 하이에나가 되었다. 나는 닥쳐올 산더미 같은 질문들에 깔려 미리 주저앉고 만다. 그들에게 나를 변호할 거야. 내 삶이 힘들다고 말할 거야. 어쩌면 내가 한 것인지도 모를 그 일을, 나는 후회해. 요즈음 내 상태가 좋지 않았어.

수사관 양반, 드디어 너랑 나 우리가 이렇게 코를 맞대고 있군. 어떤 면에서는 내가 꽤 보고 싶었지? 이제 마음이 놓이나보군. 라디에이터 관에 수갑이 묶여 땅바닥에 주저앉아 있으니, 이제 위험

인물은 아니라 이거지. 노예처럼 묶여서, 나는 네 앞에 있는 의자에 앉을 권리도 뺏겼어. 이런 굴욕이 없군. 다 네 덕분이야. 몇 시간 사이에 그들은 나를 반 벌거숭이로, 완전히 낙오자로 만들어버렸다. 나는 이 불결한 곳에 익숙해지기 시작했다. 엉덩이가 다 드러났고, 바지를 추켜올리는 것도 불가능하다. 경찰이 엄청난 실수를 저지른 게 분명해. 나는 수치심도 없이 물 한 잔을 구걸하기에 이르렀고, 그들은 크게 웃음을 터뜨리며 내 부탁을 거절한다. 비록 내 정신이 맑진 않지만, 그래도 나를 믿어줘. 정말 분해. 이런 모습으로 네 기분을 흡족하게 해주다니. 그렇지만 너무 미리 즐거워하지는 말길. 내가 아주 먼 곳에서 왔다는 걸, 이 모든 것이 이제 시작에 불과하다는 걸 알아둬!

네 말이 맞아, 경찰관 양반. 사실이야. 콘크리트 안에서의 삶은 내게 도움이 되질 않았어. 그 안에선 내 혈관에 뛰는 맥박도 진정으로 느낄 수가 없었지. 기억해, 그 권태로움을. 원하지 않아도 길들어 가던 일상의 작은 비극들을. 우리끼리 떠나려고 역에서 약속했던 것도. 가을이나 겨울은 항상 슬프고 고요했지. 여름은 지루했어. 방학 때는 주로 청소년 문화회관(MJC)에 갔지. 거기 클럽의 지도자를 난처하게 만들기, 저녁이면 공중전화 부스 부수기, 적당히 발길질해서 가로등불 꺼뜨리기, 마리화나 피우기, 비 오는 날이면 음침한 곳이나 지하실에 숨어 값싼 맥주 마시기, 하는 일 없이 빈둥거리기, 싸움판이라면 어디든 상관없이 무조건 기웃거리기, 길가는 여자들 겁주고 욕하기, 무시하고 가는 그녀들 뒤로 음탕한 욕설 퍼붓기.

내겐 미레유와 그녀의 책들이 있었다. 그녀는 끝없이 이어지는 우리의 토론을, 단어와 문장의 마법을 좋아했다. 그렇게 우리는 몇 푼 들이지 않고도 함께 여행했다. 몇 주 동안의 몽상을 살찌울 멋진 방법, 그녀는 그것에 대해 이야기한다. 환히 빛나는 얼굴로. 그녀는 자기 자신과 가족에 대한 이야기는 거의 하지 않았다. 길을 걸으면서, 때로는 벤치에, 때로는 서로 손을 잡고 땅바닥에 털썩 앉아서 폭포수처럼 흘러나오는 시행과 구절들, 오로지 나와 함께 나누고 싶은 문장들만을 끝없이 이야기했다. 그 어휘들이 너무도 아름답게, 그 의미가 무한히 깊게 느껴질 때면 우리는 불처럼 뜨겁게 입을 맞추었다. 오래전부터 한결같이 가까웠기에 우리에게는 일생의 짝을 만났다는 확신이 있었다. 그러했던 우리의 청춘기에 드리사는 이미 다른 길로 접어들고 있었다.

드리사, 내 형제, 내 친구. 그만해. 그 소녀를 더는 때리지 마. 그녀는 널 사랑해. 그녀를 가만히 놔둬. 한손으로는 포르노 잡지를 넘기며 다른 손으로는 마스터베이션하는 것과 다를 바 없이 그는 아무렇게나 그녀를 다루고 그녀와 잔다. 그는 여자를 모욕한다. 너는 나쁜 년이야. 더러운 년. 그는 여자의 따귀를 때리고 옆구리를 걷어찬다. 그런데도 여자는 매달리고, 자기에게 돌아와 달라고 그에게 애원한다. 그녀는 그의 곁에 기도하듯 엎드려 바싹 몸을 기댄다.

불안에 사로잡힌 작은 짐승처럼. 조심해 친구, 영혼들은 아무 이유 없이 나쁜 짓을 저지르는 걸 용서하지 않아. 영혼들은 무척 어질어서 우리에게 고결함을 가르치지. 너를 이토록 돌변하게 하는 그 마음이 일어나는 걸 조심해. 친구! 귀 기울여 잘 들어. 나쁜 기운을 경계해야 해.

제기랄, 그는 팔을 머리 위로 뻗는다. 그는 울부짖는다. 그는 가는귀가 먹었다. 이제는 한쪽 눈으로밖에 볼 수 없다. 다른 한쪽은 총에 맞아 어느 땅엔가 파묻혔지. 네가 하는 행동은 얼빠진 신비주의자 같아. 끔찍하고 지긋지긋해. 그따위 것들은 다 원시적이야. 바나니아[20], 누구한테든 이건 절대로 도움이 되지 않아. 봐라, 아무 일도 일어나지 않잖아! 드리사는 훔쳐 온 텔레비전, 무장 강도 노릇으로 탈취해 쌓아둔 사치품들, 마약 같은 걸 판다. 야, 이 개새끼야. 나도 잘나가거든? 난 신경 안 쓰니까 그 백인 년이랑 너희 부르주아 대학으로 돌아가. 넌 누구를 비난하는 거야? 그리고 그년은 어째서 나를 무시하는 거지? 아예 모르는 사람 대하듯이 굴잖아. 나보다 더 잘난 것도 없으면서. 우린 함께 자랐잖아. 그래, 안 그래? 재수 없는 년. 드리사, 저건 미레유야. 우리 셋을 기억해봐. 손잡고 공터를 뛰어다니던 개구쟁이들이었잖아.

조심해 드리사, 남에게 상처를 주려고 내뱉은 말들이 네 피를 먼저 더럽힌단다.

난 돈이 있어. 모든 게 다 우스워. 날 타일러보겠다고 귀찮게 하지 마. 넌 너무 순진해서 탈이야. 이렇게 지껄이며 그는 여자 친구의 치마 속으로 손을 넣어 주물럭거린다. 그녀는 얼굴을 붉히고, 그는 거칠게 여자를 땅바닥으로 밀친다. 그녀가 몸을 일으키면 다시 머리채를 억세게 휘어잡는다. 가버려, 이 멍청아. 도망가보라고. 카롤, 난 그녀를 안다. 그녀도 우리 동네 출신이다. 가리지 않고 아무하고나 잠자리를 했던 여자다. 그녀의 어머니는 알코올 중독자인 남편에게 하루가 멀다하고 얻어맞다가, 어느 날 행방을 알리지 않고 도망쳤다. 실상을 잘 알지 못했던 우리는 매일같이 커다란 검은 안경으로 얼굴을 가린 그녀를 보며 허영심이 많은 여자라고 생각했고, 어떤 이들은 그녀를 카트린 드뇌브라고 불렀다. 슬픔에 못 이겨 병이 든 카롤의 아버지는 그 어느 때보다도 심하게 술에 찌들어 갔고, 그녀는 그런 아버지 곁을 떠나지 않고 보살폈다. 끼니를 해결하기도 어려웠던 그 무렵, 그녀는 초등학교 때부터 멋있고 다정하다고 생각해오던 드리사와 만난다. 그때 이미 드리사는 자기가 사는 곳도 잘 모르는 미치광이나 다름없는 상태였다.

그는 여자를 때리고 상처 입히지만, 그녀를 결코 잊지도, 떠나지도 않는다. 그 여자의 단 하나의 사랑, 그녀가 찾은 유일한 삶의 이유. 세상 그 무엇을 준다 해도 여자는 그와 헤어지고 싶지 않다. 심지어 광기조차도 드리사와 카롤을 갈라놓지 못한다. 그녀는 사랑과 연민의 큰 파도에 휩쓸려버린 거야. 그래서 열정을 거부하지 못하고 그 엄청난 유혹에 빠져버린 거야. 나는 그렇게 생각한다. 드리사는 크고 촉촉한 눈을 가진 여자를 이상형으로 생각했다. 카롤은 그런 여자는 아니었다. 카롤 옆에만 있으면 드리사는 잠시도 스스로를 억누를 수가 없었다. 그녀의 매끄러운 몸매와 체취, 너무도 여성스러운 그 육체에 대한 격렬한 욕망을 내려놓지 않고서는. 입을 꼭 다문, 기쁨으로 충만한 드리사의 얼굴을 보며 카롤은 아무 말 없이 그를 기쁘게 맞이하곤 했다. 그녀를 모욕하고 괴롭히는 시도가 반복되면서 카롤을 향한 그의 사랑 역시 점점 커졌지만, 그는 한 번도 이를 고백하지 않았다.

여자는 순종하며 그의 앞에 무릎을 꿇는다. 지겨워. 나는 갈 거야. 저 여자한테는 내가 신이야. 내가 원하는 건 맘껏 하지. 그녀의 흐느낌, 실성한 웃음소리가 나를 따라와 복도에까지 울려 퍼졌다. 오늘날까지도 내 귓전에 울린다.

수사관 양반, 참을성을 가져봐. 순서대로 얘기할 테니 기다려. 네가 보고서를 쓸 수 있게, 양심에 꺼릴 일 없게 너한테 자백할 테니.

드리사, 내 형제, 내 친구. 너는 무례하고 저속한, 시끄러운 애들과 늘 떼를 지어 다니지. 서로 싸움을 일삼고 모르는 사람들에게 냉혹하게 구는 그런 애들과 난투극을 벌이고 총도 쏘아대지. 누군가 죽어나가고, 중상을 입거나 불구가 되는 일도 다반사지. 집단 강간, 잔인한 짓거리들, 마약 밀거래, 동네 파출소에서의 폭력 행위, 로데오, 온갖 소동 등 그들이 저지른 짓들, 그 피해를 돈으로 환산하자면 수만 유로, 훔친 자동차는 수십 대에 달한다. 외진 곳의 학교들은 범죄, 경찰의 소탕 대작전, 공로 메달, 공권력 실책이 벌어지는 온상이 되었다.

너는 모든 사람을, 엄마, 길가는 사람들, 어제만 해도 친구였던 미레유까지 겁먹게 해, 드리사. 어떤 땐 나에게까지 분노를 드러내는 경우도 있지. 네가 살아온 날들을 더듬어 생각해봐. 이런 모습을 보이지 않았다면 사람들이 너를 더 잘 봐줬을 텐데. 이런 끔찍한 소란을 일으키지 않았더라면 너를 더 많이 이해했을 거야. 이런 짓은 거리를, 학교를, RER 역을, 네 인생을, 사랑을 방해할 뿐이야. 사람들은 네가 누군지 쉽게 알아보게 되고, 너를 알지 못해도 멀리서 울려오는 소리만으로도 널 구별할 수 있어. 분명히 발음해. 한숨 돌리고 천천히 말해. 한 단어 한 단어 조용히 생각해봐. 자연스럽고 편안하게 미소를 머금은 얼굴로 말이야.

드리사는 카롤에게 다른 녀석들과 섹스를 하라고 시킨다. CD 플레이어, 자동차용 라디오, 마리화나 꽁초를 얻기 위해서. 그러다가 모욕적인 말이나 주먹질을 당한다. 그런 취급을 받다 보니 이런 무분별함이 나오는 거야. 그 무분별이 네가 이미 이 세계의 한 구성원이라는 걸 잊게 해.

드리사와 다른 아이들, 동네 친구들, 나의 삶, 추억에 대한 집착, 단지 함께 있고, 이야기를 나누고, 웃고, 느슨하게 풀어져 보냈던 저녁나절과 낮 동안의 너무도 생생한 열기, 이런 것들이 정말로 나를 역겹게 한 것은 아니었다. 나는 잊고 싶었다, 시간은 웃음 가득

했던 시절을 거슬러 흘러간다는 것을. 그 시절은 뭔가를 결정하고 자신의 위치를 정해야만 한다는 강요와는 거리가 멀었지. 보지도 알지도 못했다면 더 좋았을 것을. 어렸을 때처럼 공터 주변에서 숨이 가쁘게 달리기를 하는 거였다면, 아니면 그저 건물 입구에 앉아 담배를 나누어 피우며 축구 선수권대회 소식을 이야기하거나, 동네에 새로 온 여자아이의 얼굴, 가슴, 엉덩이에 대해 서로 이러쿵저러쿵 떠드는 거였다면. 우리의 생활이 바뀌자 미레유는 그 폭력과 난폭함을, 건전하지 못하고 사실상 추악하기까지 한데다 너무 많은 것을 담고 있는 그 분위기를 더 이상 견디지 못하기 시작했다.

동네에 마지막으로 모습을 드러냈을 때, 그녀는 슈퍼마켓에서 멀지 않은 곳의 벤치에 죽치고 앉아 시간을 죽이고 있던 몇몇 이들과 말다툼을 벌였다. 짜증이 잔뜩 난 그녀는 비슷한 처지인 사람들에게 공포심을 주고, 제 어머니들에게는 실망만을 안겨주는 그들을 자기 똥 무더기 위에 앉아 좋다고 히죽거리는 돼지 떼에다 비교했다. 자기의 그런 모습을 직시하기 싫어 환각의 힘을 빌려야 하는 추레한 건달들. 자기 자신에게는 감출 수 없는 잘못들을 잊기 위해선 적나라하게 분노를 터뜨리는 수밖에 없다. 그러지 않으면 그 과오들이 매순간 우리를 괴롭히기 때문에. 그리하여 이 동네의 길바닥에서 선량함과 긍지는 자취를 감추게 되고, 모두가 되는 대로 살면서 조금씩 더 빗나가기 시작한다. 그러다가 어느 시점에서는 스스로 자신을 포기하고 마는 것이었다.

건달 중 한 놈이 먼저 주먹질로 그녀에게 답을 했다. 그 정도에서 미레유는 자리를 떴어야 했는데. 완전히 취해 몸을 가누지도 못하는 다른 녀석이 크게 웃음을 터뜨리며 그녀를 때리지 말라고 말렸다. 어때, 미레유, 네 엄마도 이렇게까지 안 하는데? 우리는 별로 똑똑하지 않은데, 네 엄마는 그런 거 안 따지던 걸. 우리를 꽤 괜찮게 봤나 봐. 인종차별주의자인 네 아버지가 도망가 버리니까 우리한테 기꺼이 몸을 내주고는, 암퇘지처럼 요란스럽게 소리를 내며 즐겼는걸. 둘이나 셋이 같이 달려들어 네 엄마를 차지하지. 어떻게 생각해? 놈들은 손뼉을 치며 몸이 뒤틀어지게 웃는다. 너희 엄마가 멍청한 드리사의 애인이라는 거 하나도 놀랍지 않아. 그 녀석 머리가 돈 게 틀림없는 게, 여자가 자기한테 반했다고 생각한 거야. 여자는 좀 즐겨볼까 하는 생각이었는데 말이지. 웃음이 터지고 음탕하고 모욕적인 말들이 홍수를 이루는 가운데 미레유는 머릿속에 분명한 살의를 느꼈고, 분개하고 상처받은 채 물러섰다. 가로등의 그림자 속으로 비굴하게 조용히 물러서 있던 내게는 시선도 주지 않았다. 나는 이 예민한 문제에 대해 그녀에게 한 번도 물어본 적이 없었다.

그만해라 자식들, 그런 식으로 말하면 안 되지. 예의를 좀 지켜! 상황파악이 안 될 땐 별 의미를 담지 않은 말로 체면이라도 세우려고 해본다. 강력하게 행동하지는 않지만 그들 곁에 함께 있는다. 미레유를 따라가 붙잡는다. 그리고 분노와 절망, 불쾌함과 경멸에 차서 새삼스럽게 바라보는 그녀의 눈초리와 맞닥뜨린다, 두려움을 억누르면서……. 나는 조금 걷고 싶었다. 그때 나는 어머니가 교회에 가실 때 한 번도 모시고 간 적이 없다는 사실을 후회했다. 어머니는 슬픔에 빠진 자매들과 함께 교회에서 기도하며 근원적인 가치로 되돌아가는 기쁨을 얻으려 했지. 순수함을 갈구하는 것이, 하루하루의 무게로부터 가벼워지고 깨끗해짐을 느끼는 것이 얼마나 필요한 일인지 나는 이해하게 되었다. 그리고 기쁨 속에서 살아가는 힘을 추구하고, 물질이 아닌 정신의 왕국에 있는 저곳을 찾아가는 것이, 신에게 모든 것을 맡기고 아침에 일어나 잠들 때까지 우리를 그림자처럼 따라다니는 구역질 나는 것으로부터 영원히 해방되는 것이 얼마나 필요한지도 알게 되었다.

이제야 나는 당신을 이해합니다. 조상님, 당신도 갖은 애를 쓰셨던 거죠. 당신의 꿈은 시간이 흐를수록 작아지고 부스러졌지요. 그래서 이미지로만, 당신이 아이였을 적 밤하늘의 별들로만 남은 거지요. 사회주의의 거짓말이 당신의 젊음에 비수를 꽂았어요. 오늘도 흑인들은 형제의 나라로 가는 기차에 몸을 실어요. 그런데 실상 그들은 쿠바에 가서 몸을 팔고 있어요. 콩고는 서툰 민주주의 흉내를 내다가 야생의 표범들을 신념 없는 독수리로 뒤바꿔놓고 말았어요. 그들은 석유의 썩은 시체 위에서 서로 죽입니다. 눈에는 눈물이 가득 고였는데 무시무시한 공포가 다가와도 눈물을 흘릴 줄도 몰라요. 당신은 슬프게 중얼거리지요. 우리가 믿어왔던, 세상에 다신 없을 고결한 검은 민족은 이제 모두 죽었다고. 끔찍한 죽음이에요. 그들은 르완다의 언덕에서 큰 칼과 곤봉으로 수없이 많은 흑인을 비열하게 처치해버렸어요. 흑인은 이제 대서양을 건너는 노예선의 밑바닥에만 있을 뿐입니다……. 조상님, 지금 내 꼴이 바로 그래요. 이제야 조금 더 당신을 이해하게 됐어요. 그리고 조상님의 침묵에 경의를 표합니다.

　……내 발을 묶어놓으려는 쇠창살이 있고, 살인했다는 자백을 받아내려고 안달하는 수사관이 여기 있어요!

　파리 경시청 공무원인 파스칼 프로망은 17시 30분경 야간 근무를 하기 위해 근교에 있는 자택인 소박한 빌라에서 나왔다. 나이 어린 그의 아내는 옷을 갈아입는 남편에게 걱정스러운 목소리로 조심하라고 당부했다. 그녀는 파스칼이 이 직업을 얼마나 소중히 여기는지 잘 알고 있었다. 기동대를 향한 폭력이 나날이 늘어가는 상황인지라 남편의 야간 근무는 그녀의 불안감을 점점 가중시키고 있었다. 그녀는 이 문제로 남편을 자극하지 않으려고 애를 썼지만, 어린 딸이 태어난 이후로는 남편이 위험에 처한다는, 혹은 남편을 잃을 수도 있다는 생각에 때로 잠을 못 이루기도 했다. 게다가 이 문제는 그들의 주된 화제로 자주 오르내렸고, 부부싸움이 심각해지는 원인이 되기도 하였다.

파스칼은 자기의 신념에 따라 이 직업을 택했다. 사회의 가장 약자들 곁을 지켜야 한다는 소명 의식이 원래 충만한 사람이었다. 그는 경찰 업무를 거의 기사도와 마찬가지로 생각하는 인물이어서 자기 직업에 환멸을 느끼는 동료가 대부분인 경찰서 안에서 보기 드문 존재였다. 그는 특히 희생자와 가해자를 존중하고 대화로 문제를 풀려고 하였으며, 그런 태도가 경찰이라는 직업에 대한 이미지를 긍정적으로 만드는 데 도움이 되기를 바랐다. 대부분 사람들이 그의 정의감이나 성실하고 친절한 태도를 높이 평가했다. 반면 어떤 이들은 그를 비웃었고, 범죄자나 부랑아들까지 항상 이해하려고 하는 그의 노력을 비난했는데, 왜냐하면 그 사람들은 경찰 조직이 힘과 단호함을 대표해야 한다고 생각했기 때문이다. 그건 그들뿐 아니라 우리의 생각이기도 했다. 파스칼 프로망은 여러 공동체 사이에서 중재자 역할을 최대한 수행했으며, 그 사이에서 빚어지는 갈등을 누그러뜨리는 데 끊임없이 관심을 기울였고, 중재해 나갔다. 그러나 그는 경찰 조직이 인종차별적으로 업무를 집행한다는 평을 듣고 있다는 사실은 잘 모르고 있었다.

그의 아내는 남편과는 생각이 매우 달랐다. 점점 수가 늘어나는 위험한 부랑아들에게 몸과 마음을 쏟는 것보다 자신과 아기만 위하기를 바랄 뿐이었다. 부부생활과 가족의 삶이 희생된다거나 저녁 시간과 주말까지도 일해야 하는 말도 안 되는 근무 시간표를 받아들일 수는 없다는 것이 그녀의 생각이었다. 남편의 상급자들은 인정머리도 없는 듯했고, 그 보수로 세 식구가 생활하려면 희생해야 할 것이 너무도 많았다.

파스칼 프로망은 이런 문제를 충분히 인식하고 있던 터라 늘 쾌활하게 보이려고 노력했다. 일하러 가기 전에는 아내와 많은 대화를 나누었고, 사랑과 관심을 자주 표현하고 그녀를 안심시켰으며, 의식적으로 익살스럽고 다정하게 굴었다. 새 자동차의 운전석에 앉아 자기 손바닥에 바람을 불어 아내 쪽으로 키스를 날려 보내기도 했다. 술에 취해 가까스로 핸들에 매달린 운전자 흉내를 내며 집 마당에서 차를 몰고 나가는 모습은 늘 아내에게 웃음을 주었다.

9

파리 교외로 나가는 도로의 풍경은 항상 똑같았다. 길을 가득 메운 차마다 운전자들은 핸들을 꽉 움켜쥐고, 끝날 것 같지 않던 하루의 노동을 마치고 한시라도 빨리 집으로 가려는 바쁜 마음에 공격적으로 운전한다. 이 시간이 그에게는 자유의 시간이다. 집과 일터 사이의 거의 완벽한 빈 시간. 그 덕분에 그는 조용히 정신을 가다듬고 근무 준비를 할 수 있었다. 그는 느긋하고 평온한 상태로, 사랑스러운 아내와 열정을 다할 수 있는 직업을 가졌다는 행복감에 취하여 차를 몰았다.

아내를 향한 그의 사랑은 언제나 깊고도 진실했다. 지금까지 그들의 결혼 생활은 충만하기 그지없었고, 6개월 전에는 딸 마리도 태어났다. 경찰관으로 일한 10년 동안 그는 한결같이 의욕적이었고, 범죄자들을 추격하고 과격한 분쟁을 해결하기 위하여 변함없이 357호 차를 몰고 파리의 거리를 누볐다. 취객들의 싸움을 중재하는 것은 범죄를 줄일 수 있는 일이었기 때문에 파스칼은 그 일

역시 성가시게 여기지 않았을 뿐 아니라 중요한 임무를 맡고 있다고 만족스러워하기까지 했다. 그는 자신이 존재하는 이유가 이런 일들을 하기 위해서라고 생각했다. 그보다 몇 년 어린 동료 하나는 2년 정도 순찰을 하고 나서 이미 "이따위 일은 아무짝에도 쓸모가 없어!"라고 환멸에 차서 말했다. 그의 좌절에 비례해 술을 마시는 양도 점점 늘어갔다. 가슴 아파하면서 또 진지하게 경고하면서 파스칼은 그를 설득했고, 순찰 중 몰래 숨어서 술을 마시지 못하도록 주의를 주곤 하였다.

경찰서는 그에게 제2의 가정이나 다름없었다. 파스칼은 늘 일터에 도착하자마자 제복으로 갈아입는다. 탈의실에서 그는 일상적인 인사를 주고받고, 근무를 마치고 귀가하는 이들에게 무슨 일이 있었는지를 묻는다. 어떻게 동요되지 않고 늘 좋은 기분을 유지할 수 있는지 놀랍다고 누군가 말한 적이 있었다. 그는 넉넉한 너털웃음으로 답을 대신했다. 그가 느끼는 자부심이 다 들어 있는 웃음이었다. 그런 그에게도 약간의 참을성을 필요로 하는 일이 생겼는데, 그의 동료가 기술적으로 지각하는 달인이 된 것이었다. 그래도 그런 행동을 하는 동료를 파스칼은 관대하게 대했다. 기나긴 15분이 지나 동료가 나타나고 경찰서장이 짜증스럽게 질책하며 그를 맞았다. 그 어느 때보다도 더 투덜거리면서 그는 파스칼에게 대충 인사를 건넸다. 능숙하게 준비를 마치고 357호 차에 올라탄 이들 보안순찰대는 거리 지도를 들고 경찰서 구내를 빠져나갔다.

법의 수호자 역할을 하고 있다는 사실에 긍지를 갖는 파스칼이 그들의 직업이 얼마나 숭고한 것인지를 뒷받침해줄 근거들을 끊임없이 발견하는 반면, 그의 부하는 쓰레기 같은 아랍인과 흑인들을 지긋지긋하게 여기며, 점점 더 깊은 적개심에 빠져갔다. 저 새끼들 성가신 말썽이나 부리는 것 말고 하는 게 뭐가 있어. 그런데 저런 놈들 숫자가 점점 늘어가다니 말이야. 물론 우리랑 별 상관없는 일이긴 하지. 게다가 저 빌어먹을 미친놈들이 우리를 나쁜 놈이라 여긴다 해도 아무도 우리를 해치지는 못해. 예방 차원에서 몇 건의 신원조사가 있었고 늘 일어나는 사소한 다툼들을 중재하고 해결하는 등 평소와 다름없이 순찰을 돌면서 그들은 조용했다고도 할 수 있는 밤을 보냈다. 근무가 끝나기 30분 전인 밤늦은 시각, 차를 세워놓고 잠시 휴식을 취하고 있을 때, 겉보기에도 상당히 술에 취한 흑인 남자가 비틀거리며 다가와 그들이 탄 자동차 보닛에 소변을 보기 시작했다. 부하는 이미 상당히 흥분한 상태였으므로 파스칼 프로망은 재빨리 차 밖으로 나가 상황을 진정시키려 했다. 이런 경우 사태가 얼마나 치명적으로 전개될 수 있는지 잘 알고 있었기 때문이다. 한시도 지체하지 않고 신속히 처리해야만 하는 상황이었다.

너는 곧 판사님 앞에 갈 거야, 이 더러운 새끼야. 주술사니 뭐니

하는 아프리카인들이 써먹는 횡설수설로 얼버무릴 생각은 꿈에도 하지 마. 네 이야기? 너의 부모, 가난했던 어린 시절, 교외의 빈민주택가 기타 등등, 벌써 숱하게 들었어. 우린 신경도 안 써! 우린 최대한 너를 귀찮게 할 거야. 너 같은 시시한 부랑아들은 결국은 굴복하고 자백하게 돼 있지.

심문할 때보다 훨씬 더 예뻐 보이는 여경이 나가기 전 내게 수건을 건네주어 드디어 나는 세수를 할 수 있게 되었다. 그녀는 내가 입을 깨끗한 옷도 가져다주었다. 얌전하게 굴어야 하는 거지요? 그녀가 웃는다. 당신이 하라는 대로 할게요. 나는 그녀에게 약속한다. 다른 직원들의 모욕과 야유를 받으면서도 그녀는 한 손으로는 허리띠가 없는 내 바지를 붙잡고, 다른 한 손으로 바닥을 닦으며 더럽혀진 감방을 깨끗이 치워주었다. 나는 눈물을 흘리지 않을 수 없었다. 바닥 청소하는 마포와 양동이, 고무장갑으로 무장한 나의 요정. 인간애가 기적을 일으킬 수 있다면 바로 이런 것이 아니겠는가.

이어서 그녀와 다른 두 명의 경관의 호송을 받으며 나는 샤워실로 안내되었다. 내가 사라져버리는 게 제일 간단하겠지. 나는 이 모든 코미디를 끝내버리고 싶다는 급작스러운 욕망에 사로잡혔다. 권총을 빼앗아 영웅처럼 머리에 총알을 발사할 수도 있고, 또는 정신을 잃을 때까지 과격하게 머리를 벽에 짓찧어댈 수도 있으리라. 하지만 내게 그만한 용기가 없다는 것은 분명하다. 그뿐만 아니라 나는 피곤하다. 악몽 속에 보낸 시간은 나를 술에서 완전히 깨어나게 하였다. 나는 천천히 걷는다. 가까이서 나를 붙잡고 있는 이 친절한 여경은 마음 가장 깊은 곳에서 삶의 의지가 우러나오도록 나를 북돋아준다. 일종의 활력이 다시 생겨난다. 경계를 풀지 않는 직원들이 코앞에서 지켜보는 가운데, 나는 개의치 않고 옷을 벗는다. 그들은 무슨 일이 일어나더라도 대비할 수 있게 훈련된 이들이다. 놈들은 여차하면 나를 한 번 더 쓰러뜨려 눕히려고 내가 무슨 일을 벌이기만 기다리고 있는 게 틀림없다.

지난 몇 시간 동안의 주먹질과 피 그리고 포박은 나로 하여금 — 아마도 영원히 — 수치심을 잊게 하였다. 멍든 피부에 시원한 물이 쏟아져 닿는 그 기분에 비할 수 있는 행복이 또 있을까. 내 영혼까지도 함께 깨끗이 씻기는 듯하다. 보이지 않는 수백 개의 손이 나의 몸과 마음을 세심히 어루만지며 순수함과 은총을 베풀어준다. 나는 정성을 다하여 내 몸을 씻는다. 크나큰 연민을 품은 영혼들을 만났기 때문이다. 깊고 먼 근원에 있는 그들이 여러 세대를 거슬러 내려와 시련을 겪고 있는 나를 보좌해준다. 그들은 나를 저버리지 않았다. 그러므로 잃은 것은 아무것도 없다! 고통은 가라앉고, 나는 경쾌하게 샤워를 계속한다. 불현듯 모든 것이 내게 되살아난다. 사건의 경위가 너무도 분명하게 떠오른다.

그저께 미레유가 떠났다. 우리는 샤틀레 광장에서 만나기로 약속했다. 종종 그랬듯 나는 늦게 도착했다. 오후에는 드리사를 찾아갔다. 그는 상태가 한결 나아졌고, 말하는 것도 조금은 앞뒤가 맞았다. 갈 길은 아직도 멀지만, 나는 희망을 잃지 않는다. 그는 아직 웃음을 되찾지는 못했다. 아직도 덜 웃는다. 그에겐 시간과 엄청난 인내와 노력이 필요하다. 그는 갑자기 미레유 어머니와 자기 사이의 이야기를 내게 하기 시작했는데, 그건 너무도 이상한 내용이었다. 지금까지 내 인생에서 이처럼 많은 의문을 품었던 적이 있던가 싶을 정도로.

그가 15세가 되기 이전에 그 모든 게 시작되었다. 내게는 무척이나 아름다웠던 시기였는데. 그래서였나보다. 그때 거대한 해일이 드리사를 덮쳤다는 걸, 그래서 그가 격렬히 동요했다는 걸 나는 전혀 모르고 있었다. 그는 이제는 아무것도 감출 것이 없다는 눈빛으로 내 눈을 똑바로 바라보면서 냉정하게 그들의 최초의 오후를 서술한다.

드리사는 예정된 대로 미레유의 집을 찾아갔고, 그 시간에 내가 어디에 있었는지는 기억이 안 난다고 했다. 미레유의 어머니는 드리사에게 집안으로 들어오라고 한 뒤, 미안하지만 자기 딸이 먼 곳에 사는 중병에 걸린 조부모의 병문안을 하러 그 전날 떠나서 아직 돌아오지 않았다고 말했다. 드리사는 그 집에서 나왔어야 했다. 그러나 그럴 수가 없었다. 뒤돌아 나오기 전에 예의상 한마디 해야 할

것 같은 마음에, 그는 적당한 표현을 생각해내느라 머리를 쥐어짜
며 아파트 현관 앞에 붙박인 듯 서 있었다. 정신착란이 일어난 가운
데에 어쩌다 제정신이 찾아온 오늘에야 겨우 그는 우리 친구 어머
니의 눈길이 예사롭지 않게 빛났었음을 알아차린다. 그것은 향기
였을까? 어떤 의도가 담겨 있었나, 아니면 단지 욕망이었을까? 무
엇이 되었든 미리 계획된 것은 아무것도 없었다는 점은 분명하다.
그녀는 기계적으로 드리사 뒤편의 문을 걸어 잠그면서 동시에 그
를 자기 쪽으로 부드럽게 끌어당겼다. 바로 그 순간, 그녀는 두 눈
으로 그를 똑바로 바라보았다. 마치 오랫동안 감겨 있던 눈을 처음
으로 뜨는 것처럼. 그가 뭔가 말을 하려고 하자, 그녀는 손가락을
부드럽게 그의 입술에 갖다 대었다. 집안일을 하느라 상해버린 그
녀의 손에서는 올리브유 냄새와 드리사에게도 익숙한 음식 냄새가
은은하게 배어나왔다. 보일 듯 말 듯 감미로운 미소를 머금고 그녀
는 먼저 그의 손을 자기 뺨으로 가져갔고, 아무 말 없이 그에게 자
신의 육체로 향하는 길을 내주었다. 침착함과 우아함을 지키려고
애를 쓰면서, 그녀는 자신의 수척한 손가락으로 미숙한 소년의 손
가락을 아우르며 점차 달아오르는 리듬을 타고 쾌락을 속삭였다.
그의 다리는 후들거렸고 여자는 그의 어깨 근육을 깨물었다. 손을
더욱 힘차게 조이면서. 드리사, 드리사, 그가 처음으로 느낀 격정,
어쩌면 그토록 아름답고 뜨거울 수 있었을까. 몇 분이 흘렀다. 어린
소년에겐 세상이 빙빙 도는 것 같았고, 그녀에겐 폭풍우가 몰아쳤

다. 육체의 사랑을 되찾고, 슬픔의 시간을 잊은 그녀는 즐거움을 다시 느끼며 자신을 놓아버렸다. 쾌락의 절정에서 그녀는 그에게 아무 말도 하지 말라고 요구했다. 침묵 속에서 그녀는 조용히 울었다.

그는 여자의 머리칼을 쓰다듬며 애무와 키스만 할 따름이었다. 여자는 노골적인 말들로 그를 치하했다. 사랑은 그 말들조차 감미롭게 들리게 했다. 50대의 여자는 열락의 리듬을 타며 소년을 데리고 도망쳤다. 그녀는 일어서서 벌거벗은 자기 몸을 있는 그대로 그에게 보여주려 했다. 그녀는 소년의 옷을 벗겨 부부의 침대로 데려갔다. 사랑은 자신의 육체와는 거리가 먼 감정의 파도라고 배웠으며, 칠흑 같은 어둠 속에서 아무 느낌도 없는 듯 호흡을 조절하면서 드문드문 "사랑해"라는 말을 쉼표처럼 남기며 가끔 조심스럽게 남편과 관계를 가졌던 그녀는, 마침내 무한히 밀려오는 육체의 쾌락 속에 완전히 빠져들었다. 말이 없던 그녀가 혀의 마주침에서 입술의 시를 발견하게 되었고, 폐부 깊은 곳에서 꽃피었다가 사랑에 가득 젖어 훌쩍 날아가 버리는 가슴 뛰는 이야기를, 소리 없는 노래를 알게 되었다. 그것은 연인들이 만들어낸 마법이었다.

드리사에게는 얼마나 부드러운 교향악이었던가. 은밀하게 숨어든 여행자의 애무, 아주, 아주 조심스럽게, 그는 시간이 지남에 따라 부드러워지는 그녀의 복부 위에 오래 머물렀다. 그녀를 숭배할 찬사를 더 떠올리지 못하는 안타까움에 눈물이 흘렀다.

드리사는 이 순간이 어떻게 끝을 맺게 될지는 물론, 그 밖의 다른 것에 대해서도 더 이상 알고 싶어 하지 않는다. 그의 삼촌은 어느 날 신들린 상태에서 조카의 가슴팍 위로 희끗희끗한 머리채가 어른거리는 것을 보았고, 드리사가 금슬 좋게 오래오래 살리라는 징조라고 생각했다. 그는 눈살을 찌푸리며 담배를 빨아들인다. 얼마나 된 거냐, 그 관계가? 왜 나한테 아무 말도 하지 않았어? 드리사의 눈꼬리가 재미있다는 듯 살짝 웃는다. 그저 들어만 달라는 신호라는 걸 나는 알아차린다. 드리사는 말이라곤 일절 없는 그들만의 세계를 찾아 여러 번 그녀에게 갔다. 그들은 충만하고 부드러운 평온함을 향해 함께 달아났다. 그녀는 깊은 한숨을 쉬었고, 소년을 자기 품에 포근하게 꼭 안아주었으며, 두 손으로 그의 머리를 감싸고 미소를 머금은 채 눈을 감았다. 그들의 살갗 위로 별 하나가 천천히 미끄러져 내렸다. 오랫동안 그들은 부끄러움 없이 서로 어루만져주었고, 버림받은 사람들의 욕망으로 사랑을 나누었다. 그 동네에 그칠 줄 모르는 여름의 소음과 함께. 가을이 되었고, 그들은 바깥의 한기와 음울한 회색빛 풍경에서 떨어져 나와 서로서로 감싸 안았다. 의료진이 그를 찾으러 온 날, 드리사는 그녀가 자기 방 커튼 뒤에서 눈물을 흘렸기를 바란다. 그의 마지막 눈길이 한순간 위로, 그녀의 창문을 향했다.

그로부터 몇 주 뒤, 여자와 그녀의 남편은 우리의 증오와 콘크리트로 둘러싸인 이 도시에서 멀리 떨어진 적당한 은신처를 찾았고, 파리에서 100킬로미터쯤 벗어난 작은 빌라로 이사했다. 드리사에게 간절한 것은 그녀가 아니었다. 다만 빛과 온정이었다.

세 친구가 주차장에서 놀고 있다. 때때로 기차역보다 더 먼 곳에서부터 RER 기차가 달려오는 소리가 들리고, 저녁이면 국도를 전속력으로 달리는 자동차 소음이 떠나지 않는 곳. 입가에 웃음이 맴돌고, 내일을 그리는 꿈이 있었다. 환각상태에 빠져 공터에 늘어지기도 했고, 무엇보다도 내 목덜미에 축축하게 젖어드는 미레유의 입맞춤이 있었다. 장난스럽게 드리사의 팔에 주먹 몇 방을 날리고, 그녀는 내 혀를 깨물고, 큰 소리로 장난을 친다. 그러면 드리사가 투덜댄다. 여기서 뭐하는 짓이야? 실없는 짓들 그만해. 제기랄!

미레유와 내가 공유했던 마력은 그녀가 월경 중임에도 아랑곳하지 않고 사랑을 하고 난 뒤 완전히 사라졌다. 우리는 한참을 바라보았다. 붉게 물든 그녀의 허벅지와 다리의 푸른 동맥 옆으로 보이는 그녀의 검은 음부, 그 아래 활짝 핀 제비꽃, 장밋빛 동굴 그리고 우유처럼 흰 그녀의 피부 위에 놓인 거무스름한 나의 은밀한 것을. 기막히게 어우러진 이 색채들의 꽃다발은 연인들이 만들어낸 무지개가 아니었을까!

샤틀레 광장의 카페에서 미레유는 그칠 줄 모르고 비 오듯 눈물을 쏟았다. 그때 처음으로 나는 미레유도 이제는 나이를 먹었다는 것을 깨달았다. 그녀가 물론 나를 사랑하고 그것이 절대로 변할 리는 없지만, 그녀에게 뭔가 다른 삶이 필요하며 그러기 위해선 나를 잊고 멀리 가야만 한다는 것도 깨달았다. 미레유에게서 일순 나의 이모들, 내 엄마 친구들의 모습이 보였다. 그녀들에게는 특별한 재주가 있었다. 꼬깃꼬깃 접힌 손수건에 빨개진 눈과 코를 파묻고, 흐느낌과 딸꾹질 비슷한 시끄러운 소리를 내면서, 주기적으로 오열하고 몸부림치는 애처로운 무리로 변신하는 것이었다. 그런 순간에는 그녀들에게서 수치심도, 최소한의 위엄도 찾아볼 수 없었다. 양팔 벌려 위로해줄 사람만 있으면 그녀들은 여지없이 달려들어 가련한 자기들의 수천 가지 불행한 이야기들을 끝없이 늘어놓을 태세였다. 여장부 미레유, 그녀에게도 품위 있고 당당한 모습은 간데없는, 울어서 부어오른 얼굴이 있었던 것이다.

이스라엘로 돌아가면 그곳엔 이겨야 할 전쟁이, 구출해야 할 사람들이 있다. 일찍이 그녀는 알았을까, 자기 어머니와 드리사에 대해? 의문은 남는다. 나는 내 생각을 해야 한다. 나는 그녀에게 묻지 않았다. 자기 곁에서 항시 감지되었던 그 심연으로 빠져드는 것이 그녀는 두렵다. 그녀는 아직도 약간 흐느낀다. 내 귀에는 나를 사랑한다고 말하는 그녀의 목소리만 들린다. 여러 해가 지난 뒤, 마침내 그녀가 내게 말했지, 그 얼마나 감미로운 말인지. 그런데 그 감미롭던 "너를 사랑해" 그 두 마디가 지금은 마치 뺨을 때리는 소리처럼 크게 울렸다! 그건 연인들에게 종말을 고하는 소리였다. 내 다리는 후들거리기 시작했고, 심장은 미칠 듯 날뛰었으며, 역하고 고통스러운 파도가 내 몸을 덮친다. 나는 울고 싶었다. 아니 괴롭다고 소리라도 지르고 싶었다. 내 안에서 죽어가며 울부짖는 짐승의 소리가 들렸다.

　그녀는 나를 사랑한다. 그래서 나를 내 운명에 맡긴다. 나는 정말 숨이 막힌다. 그러나 강하게 버틴다. 세상은 너의 것이야. 그녀 발 앞에 엎드려 애원하고 간청하느라 내 자존심을 다 버린다 해도, 그녀의 발을 키스로 뒤덮느라 일생이 간다 해도, 그녀가 내 곁에 머무르겠다고 해주기만 한다면. 그러나 그녀 얼굴에 보이는 약탈자들의 자랑스러움, 그것을 보는 순간 나는 못 박힌 듯 자리에 굳었고, 이별을 받아들였다. 메마른 눈, 상처받은 마음, 너덜너덜해진 꿈과 추억, 앞만을 똑바로 바라보는 시선. 순간, 나는 그녀를 죽이고 싶은 마음이 들었다. 나 때문에 그녀가 죽는다면 그것은 인류 전체를 위해 죽음을 맞는 것일 터.

　나는 널 사랑해. 이 세 마디에 내가 썩 괜찮은 놈인 것 같은 기분이 든다. 내가 항상 드리사를 떠올리는 건 아니다. 종말을 고하는 이 선언에 나는 강하게 집착한다. 내 삶이 그 어느 때보다도 끝장임을 나는 알아차린다. 우리의 결합을 영원히 보증하는 인증서나 다름없던, 서로의 몸의 가장 은밀한 주름들을 껴안던 과거의 순간들은 떠올리지 않는 것이 똑똑한 짓이리라……. 시간은 고귀했던 그 행동들을 우스꽝스럽고, 보잘것없고, 혐오스러운 일로 만들어버리니까. 드리사는 상태가 더 나아졌다. 말하는 도중에 담배를 입에 문 채 그가 갑자기 잠들어버리면서 우리의 대화는 끝났다. 나는 담뱃불을 꺼주고, 형제에게 하듯 그를 팔에 안고 침대로 데려가 눕히고,

이불을 덮어준 뒤 이불깃을 침대 가장자리로 접어 넣었다.

　너는 나의 분신이야, 미레유. 명심해, 나는 너의 선택을 충분히 이해해. 너도 알지? 나도 너와 같은 선택을 하고 싶어 한다는 걸. 어떤 목소리가, 야수의 으르렁거림이 그녀를 떠나게 해주어야 한다고, 그녀를 부르는 것은 바로 그녀의 핏줄이라고 내게 속삭인다. 야수 한 마리가 진정된 그의 분노를 실어 포효했다. 마주 잡은 그녀의 손을 놓아줄 때가 되었다. 무슨 이야기를 더 할 수 있을까.

　세 명의 어린 천사, 흑인 소년 둘과 백인 소녀 하나, 깔깔거리며 웃는 작은 도둑들, 그들이 이제 마지막으로 국도를 따라 펼쳐진 공터로 달려간다. 셋은 건물과 기찻길 사이를 떠돌고, 그 뒤로 영원히 자취를 감춘다. 고통스러운 영혼과 갈기갈기 찢긴 마음을 떠안고 미레유는 가버렸다. 가라. 행운을 빌어. 계산은 내가 할게, 넌 아무 걱정하지 마. 진심이야. 미레유는 만족할 줄 모르고 열정적으로 질주하는 자신의 삶 속으로 더욱 격렬하게 뛰어들었다. 불가능의 경계 가까이 가기, 그리고 뛰어넘기. 그녀는 자기 길과 마주쳐 지나가는 모든 것들을 남김없이 소비했다. 그 모든 것이 그녀가 가는 길에 제공되는 흥미로운, 그러나 짧디 짧은 기항지에 불과할 뿐이었다. 미레유는 기계처럼 쉼 없이 남자들, 여자들, 상황들을 규칙적으로 집어삼키고 소화하는 존재였고, 그녀의 허기와 갈증은 날이 갈수록 늘어나고 다양해져 만족을 모르고 점점 더 커질 따름이었다. 두 말할 필요 없이 나 역시 그녀가 한입에 처치해야 할 큰 먹잇감이었고, 이제 그녀는 흥미가 떨어지고 별 볼 일 없어진 나를 혼자 남겨두고 떠남으로써 마침내 나를 완전히 소비해버린다. 나보다 이미 오래전에 드리사는 그녀의 첫 번째 희생물 중의 하나였고, 이제는 그녀의 경멸을 받기에 이르지 않았는가.

그녀를 보면서 마지막으로 꿈꾸어본다. 풍만하고 불룩 튀어나온, 지탱하기도 어려워 보이는 그녀의 엉덩이를 일렁이게 하는 장면을. 그녀는 머뭇거리는 듯 발걸음을 뗀다. 미레유가 나를 떠난다. 편치 않은 듯, 그러나 이미 서두르면서. 나는 오늘 저녁 그녀가 고통스럽지만 꼭 해야만 했던 고약한 일을 해치우러 왔었음을, 그녀는 마침내 자유로워졌고, 이미 다른 곳에서 충만한 마음으로 살고 있음을 깨닫는다. 그녀는 자신에게 약속된 땅을 향해 가는 것이다. 우스운 일이다. 그녀는 지하철 입구에 덥석 물린 듯 금세 사라진다. 그래 딱 맞는 표현이야. 그녀는 삼켜졌고, 주위는 고요할 뿐. 그리고 더는 아무것도 없어. 박수갈채 따위는 없어. 가장 먼저 입장했다가 마지막까지 남은 관객은 극장을 떠나지 못한다. 이 연극은 그를 자리에 못 박아놓고서 암흑 속에 홀로 남아 강렬했던 장면들을 다시 추억하게 한다. 나는 나를 기다리고 있는 바깥세상과 거기서 마주할 모든 불쾌함에 대해서는 생각하지 않으려 한다.

시간이 흐를수록 어둠의 장막이 점점 두텁게 파리의 거리를 덮어 내리다가 샹주 다리 아래로 잠겨든다. 데자르 다리는 벌써 검게 뒤덮였다. 저기 생미쉘 광장 분수대 발치에는 나른하고 감미로운 포옹을 나누며 행복을 느끼는 사람들이, 격하게 고동치는 남자의 가슴팍에 안겨 있는 따스하고 둥근 젖가슴이 있다. 미레유와 나의, 우리의 키스 흔적은 이제 한 자락도 찾아볼 수 없다. 마치 그런 일이 아예 일어나지도 않았던 것처럼. 바콩고 남자, 유태인 여자. 흑인 남자, 백인 여자. 파리 거리의 인종이 다른 커플. 가당키나 한 이야기인가. 사람들은 떠나고 막이 내린다.

시간이 상당히 흐른 뒤 나는 뤼도빅에게 전화한다. 역시 공부 때문에 파리에 올라와 있는 그는 이탈리아 광장에서 그리 멀지 않은, 가구까지 딸려 있는 산뜻한 스튜디오에서 살고 있다. 신경 쓰지 마. 자식, 여자가 어디 그 여자뿐이냐? 그는 농담하려고 애쓴다. 미레유를 사랑했던 것 같은 사랑은 다시는 할 수 없을 거야. 나는 그게 두렵다. 이 여자에게서 저 여자로, 이 관계에서 저 관계로 헤맬 내 모습이 눈에 선히 보인다. 미레유와 사귈 때는 제대로 잘하고 있다는 확신이 있었고, 사랑하는 사람, 특별한 사람과 함께 보내고 있다는 안락감을 항상 느꼈다. 나는 최근 몇 달간의 변화를 우리의 파란만장한 이야기 시리즈에 더해질 한 편의 에피소드 정도로 생각했다. 우리의 이야기라……. 나는 갑자기 의기소침해진다. 동네 녀석들과 창녀촌으로 몰려가던 내 모습이 갑자기 떠오른다. 미레유는 그 사건 때문에 얼마나 화를 냈는지.

나는 뤼도빅을 몽파르나스에서 다시 만난다. 잘 차려입은 그는 렌느 가로 내려가서 이 카페 저 카페 어디로든 돌아다니자고 제안한다. 파리에서 가장 아름다운 계절, 봄이다. 사람들이 오고 간다. 그들은 여유롭게 천천히 거닌다. 여자들은 봄의 첫 외출에 한껏 설레어 가슴 사이즈를 다 짐작할 수 있을 정도로 깊이 파인 꽃무늬 원피스에 온갖 발랄한 색깔의 모자를 쓰고, 얼굴 가득 함박웃음을 띠고 있다. 밤이 되자, 테라스는 터질 듯 붐빈다! 뤼도빅은 웃고 떠들며 내 기분을 조금 달래준다. 사람들로 가득 찬 거리는 밀고 떼밀리는 인파 속에서도 화기애애한 분위기다. "실례합니다." "네, 지나가세요. 괜찮습니다." 가볍게 어깨가 부딪혀도 아무 문제가 되지 않는다. 나는 5월의 이 행복을 조금이라도 기억에 남기려고 눈을 크게 떠본다. 무겁게 나를 내리누르는 이 고독한 느낌에 맞서 싸운다, 나는. 뤼도빅은 장거리 운전을 할 때 건성으로 듣는 라디오에서나 흘러나올 법한 이야기만 하고 있다. 일 년 내내 빈둥거리는 생활이며, 나이트클럽에서 허구한 날 저녁을 보낸 이야기, 대학 카페테리아에서 마리화나를 피운 것, 난잡하게 노는 여자애들의 이야기, 학창 시절을 즐겨야 한다는 인생철학 따위를 마냥 지껄인다. 빌어먹을!

우리는 다리 어디엔가에서 옆에 있던 청년들과 함께 마신다. 웃고 떠들던 그들은 점점 흥이 오르더니 방금 전에 얼간이 같은 부르주아 학생들을 두들겨 패주었다는 이야기를 떠벌린다. 여기는 나에게 어울리는 자리가 아니다. 내 얼굴은 여기에 어울리지 않는다. 그 무용담을 늘어놓던 녀석도 흑인이었는데, 그 생김새가 CRS(공화국 보안기동대)도 기겁할 정도로 험악했다. 그는 바닥에 앉아 연신 침

을 뱉어댔고, 무릎을 세우고 한쪽에는 마리화나와 럼주 병을, 다른
쪽에는 너클 더스터[21]를 든 팔을 걸치고 있어서 그것들이 고스란
히 보였다. 이런 눈빛을 가진 불량한 놈들을 나는 잘 안다. 아무런
이유도 없이 폭력과 악행을 저지르고 거기에서 쾌감을 얻으려는,
거의 성적 욕망에 가까운 욕구를 날것 그대로 드러내는 놈들. 나는
뤼도빅이 불안에 떨고 있다는 걸 알아챈다. 나는 규칙을 지키고 원
칙대로 행동하려고 노력해왔다. 나뿐 아니라 내 가족 역시 내가 바
칼로레아[22]를 통과했다는 것을 매우 자랑스럽게 여긴다. 나는 어
느 정도 수준이 되는 놈이고, 학생증도 갖고 있다. 그런 점들이 오
늘 밤 내가 센 강 다리 위에 있다는 사실을 조금은 덮어주겠지. 나
는 정말 지치기 시작했어. 내가 되고 싶었던 모습과 절대로 비슷해
질 수 없을 거야. 너 뭘 하고 있는 거냐? 누구냐, 넌? 겉만 번지르르
한 수상한 이방인? 아니면 뭐야?

당신 서랍을 전부 열어봐. 이 명찰들을 모두 바꿔, 아니 시원하
게 전부 태워버려. 영원히 없어지게. 그리고 나를, 이 모든 걸 여기
이 강물에 던져 보내줘. 형님, 술 한잔 주십쇼. 나는 그가 알아들을
만한 말투를 써서 말한다. 한 모금 빨게 해줘요. 고마워요, 안녕, 우
린 갑니다.

뤼도빅은 곧 다시 기분이 좋아진다. 그의 무사태평함에 나는 늘
놀란다. 그에겐 해결하기 어려운 일이란 도무지 없어 보인다. 그는
언제라도 위험인물로 돌변할 수 있는 그 젊은이들과 함께 술을 마

신다. 물론 뤼도빅도 이 젊은이들이 누구인지 잠시 잠깐 염려했지만, 그 걱정은 이내 사라진다. 그들이 밤거리를 어슬렁거리다가 자기들과 다른 부류라는 이유로 사람들을 난폭하게 공격했다는 것도 그는 다 잊어버렸다. 자, 내 친구에겐 적어도 두 가지 이상의 문제가 있다. 그런데 나 역시 이 문제의 바이러스에 조금은 감염이 되었다. 이 자리에서 나는 그것을 확인한다. 드리사는 그 점 때문에 좌절했다. 뤼도빅은 어리석은 짓 따위는 하지 않는다. 그는 우리 동네에서 그리 멀지 않은 빌라에 사는 부모님에게 정기적으로 찾아가고, 여름휴가는 외국에서, 부활절과 크리스마스는 시골의 할아버지 댁에서 보낸다. 공부를 마친 뒤에는 교회에서 결혼할 거고, 마약은 이제 안녕, 그리고 주택마련 저축을 시작하겠지.

우리는 많은 이야기를 한다. 그리고 각자 자기 자신을 위해 조금씩 더 마신다. 어렸을 적에 미레유의 엉덩이가 너무 커서 그녀가 서 있거나 잠잘 때 뒤에서 때린 적이 많았다고, 그녀가 나를 떠난 지금 그는 내게 고백한다. 나는 뤼도빅과 함께 미친 듯이 웃어대다가 문득 그럴 수 있는 나 자신에게 놀란다.

뤼도빅은 먼 친척 형제가 오늘 밤 저녁 파티를 여는데 함께 가지 않겠느냐고 갑작스레 제안했고, 내 상태로는 그에 동의할 수밖에 없었다. 달아오른 분위기, 몸매가 잘빠진 여자들, 귀청을 쾅쾅 울리는 음악, 모르는 상대와 보내는 하룻밤의 쾌락, 쉽게 가는 인생…… 같은 것들을 나는 상상했다. 어쨌든 나는 신경 쓰지 않는다. 오늘

나는 누구하고든, 무슨 일이든 할 수 있을 터였다. 택시를 잡느라 15분쯤 흘렀다. 나는 파리의 택시 운전사들을 절대로 이해할 수 없다. 요금을 정확하게 치르고 원하는 장소로 가겠다는데, 그들은 그걸 제멋대로 해석하고, 멀리에서부터 당신을 분석하고 속도를 줄이면서, 그러나 절대 멈춰주지는 않으며 지나간다. 다르게 생겨서 죄송합니다! 나는 주먹을 주머니 깊숙이 찔러 넣는다. 취한 모습과 까칠하고 창백한 얼굴을 보이지 않으려고 머리를 높이 쳐들고 있으려 애쓴다. 밤 공기가 부드럽다. 나는 보도 위에 하염없이 서 있고 싶지 않다. 드디어 우리 앞에 멈춰 선 택시를 타고서 뤼도빅은 한껏 신이 났다. 메르세데스의 운전사는 흑인이었고, 그래서 나는 그에게 온갖 아부를 다하면서 형제간에 견고한 연대감을 갖는 건 장점이라고 찬양한다. 내가 얼마나 거짓말을 하는지 그가 알더라도 어쩔 수 없는 일이지. 나는 세상 전체를 싸잡아 욕을 퍼붓는다. 단지 몇 잔 더 마시고 싶은 마음뿐이다. 뤼도빅은 제일 먼저 접근해오는 골 빈 여자애와 놀아보겠다는 속셈이다. 내 마음이 이토록 찢어지듯 아프지 않았더라면, 그의 얼굴에 주먹을 날려서라도 입을 다물게 했을 텐데. 사실 나는 뤼도빅과 함께 있는 것이 늘 견디기 힘들었다. 이런 인간들과 익숙해지려면 정말 상당한 시간이 필요하지. 그런 부류의 사람들과 같이 어울리는 게 과연 가치가 있을까 하고 질문하는 것조차 애초에 쓸데 없는 일인지도 모른다. 뤼도빅은 내 삶의 장식과도 같은 사람이니까. 다른 이들도 그렇지만, 그 역시 내 인생 전반에서 매력적인 상대에 속하고, 나를 달래주는 사람이다. 혼자라는 것은 너무 두려운 일이니까!

차에서 내리자 늦은 밤의 서늘함이 우리를 맞는다. 밤이 이렇게 빨리 지나가다니 환장할 노릇이다. 거리는 한산하고 나는 똑바로 서 있기도 어렵다. 차를 타고 오는 동안 춤을 추고 싶던 마음은 모두 사라졌고, 내가 좀비 같다는 생각만 든다. 발을 내디디며 그나마 남아 있는 정신으로 흥분한 내 친구에게 한두 마디 불확실하고 간단하게 대답을 한다. 그렇게 나는 간신히 계단을 오른다. 한 발자국 한 발자국마다 고통이 뒤따른다. 발걸음을 내딛는 데 거의 초인적인 노력이 필요하다. 뤼도빅은 그 많은 에너지가 어디에서 나오는 걸까? 미레유, 미레유, 난 심장이 터져버릴 것 같아! 파티 장소라고 짐작되는 아파트에 들어서 보니 거기에서도 역시 한심한 광경이 벌어지고 있었다. 붉은 포도주 자국이 입가에 지저분하게 얼룩진 금발 여자가 댄스 플로어로 만들어놓은 곳에서 비틀거리고 있다. 내 마음이 이처럼 절망의 나락에 빠져 있지 않았다면 그녀를 아름답다고 여겼을 수도 있었을 텐데, 전혀 그런 생각이 들지 않았다. 어떤 마술로도 이 순간 미레유를 데려올 수 없겠지. 단지 내가 그녀를 간절히 사랑하고 원한다는 이유로, 마법의 주문이 그녀를 갑자기 나타나게 하지 않을까 상상하는 것도 우습기 짝이 없는 노릇이다. 나른한 얼굴로 소파에 늘어져 있는 두 명의 젊은이들은 두 대를 이어 붙인 마리화나를 끝도 없이 피우고 있다. 파티는 이제 막 시작이야. 들러줘서 고마워. 우리를 맞아준 뤼도빅의 친척은 우리를 안심시키려고 한다. 나는 더 이상 올 사람은 없다고 짐작한다. 내가 두 명의 마약 중독자들과 어울리는 사이, 뤼도빅은 벌써 만취한 금발 여자와 박자도 맞지 않는 춤을 추기 시작했다. 얼마 지나지 않아 그들은 열렬하게 키스를 한다. 환각제가 내 기분을 띄워준다. 나는 피우고, 마시고, 함께 있는 패거리 두 명에게 미레유와 콩고의 주술사에 대해 이야기한다. 얼마 뒤, 뤼도빅과 금발 여자는 깊은 키스를 나눌 정도로 서로에게 빠져 있었다. 나는 너무 취해서 그들의 에로틱한 행동을 정확히 보지는 못했다. 옆방으로 그들이 사라지자마자 동물들이 으르렁대는 것 같은 소리, 누군가가 부딪친 것처럼 마루의 나무판이 깨지는 소리가 들린다. 금발 여자는 신경질적인 웃음을 그치지 않는다. 그들은 미처 문을 닫지도 못했던 것이다.

반쯤 잠들어 있던 두 녀석이 낄낄거리며 웃는다. 그들은 번갈아 음탕한 해설을 곁들이고, 그들 중 한 놈은 마약에 너무 취한 것을 아쉬워한다. 그러지 않았다면 녀석도 여자가 알아차릴 새도 없이 일을 해치웠을 수 있었겠지.

피울 만큼 피웠으므로 나는 집에 돌아가 미레유를, 드리사를 보고 싶다. 나를 따스하게 맞아주는 사람들과 이야기하고 싶다. 그런 마음이 들자 나는 마리화나 친구들이 저속하게 느껴져 격하게 비난한다. 너희는 빌어먹을 형편없는 놈들이야. 그러나 이 두 녀석은 현실에서 멀리 떨어진 다른 세계를 헤매고 있느라 나를 알아보지도 못하고 흥분한 상태로 빈정대는 소리나 지껄인다. 가족의 따스함을 갈구하는 마음에 나는 심술이 난다. 갑자기 배 속이 이상해지는 것 같더니 부글거리며 들끓기 시작한다. 짙고 역한 담즙이 입안에 차오른다. 나는 일어나려고 애를 쓴다. 나는 비틀거린다. 몸이 말을 듣지 않는다. 나는 고통스럽게 경련을 일으키다가 딸꾹질을 한다. 딸꾹질하는 사이 구토가 멈췄다가 다시 쏟아진다. 나는 정신이 혼란한 가엾은 두 녀석에게 대고 토한다. 딸꾹질과 구토가 번갈아가며 조화롭게 일어난다. 나는 진짜 제대로 그들을 모욕한다. 그리고 휘청거리며, 주먹을 허공에 휘두르며 밖으로 나간다. 나오는 길에 나는 팬티만 입고 있는 뤼도빅 위에 털썩 주저앉는다. 이 소동에 제정신을 차린 뤼도빅은 일을 치르다 급히 빠져나온 것이었다. 자식, 꺼져버릴 것이지. 그래도 나는 그를 절대 싫어할 수 없었다. 나는 밤의 적막 속으로 빠져나온다.

나는 다시 강가로 나온다. 생토포르튄느 광장에 가서 마지막으로 한잔하기로 한다. 나는 머리를 푹 수그리고 비틀대면서 레알까지 걸어가서 '라세르부아즈'[23]라는 바에 들어가 앉는다. 나와 잘 아는 술집 주인 페드로 — 그는 페루인이다 — 가 기막히게 맛좋은 맥주를 가져다준다. 내가 머리도 돌아가지 않고 아무것도 들리지 않는 상태라는 것에 아랑곳하지 않고 그는 내게 말을 건다. 언제나처럼 그는 주사위 노름으로 나를 등쳐먹는다. 그게 그의 가장 큰 즐거움이다. 그는 테이블과 의자를 정리하기 시작한다. 말주변이 참

좋은 사람이야. 나는 피로에 맞서 버틸 힘이 더 이상 없었다. 머리가 너무도 무거워서 나는 맥주잔에 입을 걸치고서 간신히 머리를 가누고 있을 지경이다. 한쪽 입가에 침이 흘렀다. 한심해. 내 모습이 혐오스럽다! 이런 나를 멋있다고 생각했던 여자에겐 미안하지만 할 수 없지. 페드로, 집어치워. 오늘 밤은 끝인 것 같네. 나는 입맛도 떨어지고 아무 의욕이 없어!

10

　나는 정말로 너무 많이 마시고 너무 많이 피웠다. 라세르부아즈
는 문을 닫았고, 나는 목적지도 없이 이리저리 몸을 질질 끌며 황량
한 거리를 헤맸다. 뒤로 벌렁 나자빠졌다가 파리 경찰청의 짙푸른
357호 라이트밴의 차 머리를 짚고 간신히 일어난 기억이 어렴풋이
난다. 나는 바지 앞 지퍼를 열고 내 발 위로 오줌을 누기 시작했다.
정말 급해서 주체할 수가 없었다. 오줌을 누는 행위가 내 몸 전체에
강렬한 만족감을 전해줄 것이었다.

　경찰이다. 무슨 일이지? 조심해요. 몸을 못 가눌 정도로 마시면
안 되지. 됐으니 이제 가봐요! 그는 내 앞에 서서 유감스러운 듯, 그
러나 이해한다는 표정으로 말하면서 손을 내밀어 나를 부축한다.
신경 세포들이 끊어져 나가는 듯하다. 나는 그에게 대놓고 경멸하
는 웃음을 드러내 보였던 것 같다. 불쾌해진 그의 동료가 격분해서
심한 욕을 했다. 웃어? 이 빌어먹을 개새끼가! 정신이상자처럼 머
리를 뒤로 젖히고 십자가처럼 팔을 벌리고 있다 보니, 그는 내가 목

청껏 웃어대고 있다고 생각했음이 틀림없다. 모든 게 순식간에 벌어졌다. 그가 할 수 있는 일은 아무것도 없었다. 파스칼은 뼛속까지 이상주의자여서 나 같은 놈을 경계할 생각은 못했을 것이다. 오늘도 거리는 어디로 튈지 모르는 불량배들로 가득하고, 그런 녀석들이 집 밖을 배회하는데 말이다. 나는 그를 때리고, 밀치고, 깨물고, 그의 머리를 난폭하게 발로 걷어찼다. 그는 이미 땅바닥에 죽은 듯이 누워 있었다. 그의 머리가 아스팔트에 부딪히는 둔탁한 소리가 났다. 저 새끼도 약 좀 하라고 해. 내가 얼마나 고통스러운지 잠깐이라도 같이 나눠보잔 말이야. 그는 처음에는 사정하며 괴로워했고, 그러다가 영영 입을 다물었다. 그 자리에는 사방에 피가 튀어 있었다. 그는 자기 아내와 딸을 생각했을 것이다. 어쩌면 어느 날엔가 에펠탑에서 그리 멀지 않은 곳에서 형제의 어깨에 기대어 울던 이 젊은이를 기억했을 수도 있다. 그다음엔 수갑, 외침과 구타, 나를 둘러싼 폭력의 소용돌이가 뒤를 이었고 나는 선 채로 잠이 들었다. 그렇게 진정되고 고통이 누그러진다.

친애하는 수사관 양반, 난 범죄자야. 그러니 집에 돌아가면 문을 꼭 닫고 자물쇠를 잘 채우도록 하셔. 재판관님들, 이건 사실이야. 나는 가난에 좌절했고, 내일이 두려웠어. 사랑은 떠나갔고, 내 나라 콩고는 피폐해져 갔어. 친구들 역시 비참하게 하루하루를 살아가고, 우리의 유전(油田)은 피로 물들어버렸지. 내 핏줄 안에 있는 콘크리트, 내 눈에 담긴 분노, 더 이상 들을 수도 보이지도 않는 것 그 모두를 싸잡아서 나는 그 경관에게 오줌으로 갈겨버린 거야. 너희 똑똑히 들어. 너희가 이 자리에서 나의 외침을 들었다는 것을 증명할 수 있도록 귓구멍을 크게 열란 말이야. 우리가 흘려보낸 건 바로 야수의 오줌이야. 나는 경관에게 오줌을 누었고, 그 사람을 힘껏 때렸어. 그래서 넌 뭐냐, 프랑스인이냐 아프리카인이냐? 내 삶을 괴롭히는 이 말도 안 되는 질문들에 나는 조용히 분노의 주먹질로 대답한 거야. 내게 고통을 주는 그 지점을 나는 온 힘을 다해 때리고 또 때렸어! 그 밤에 사이렌이 울리고 구급차의 경광등이 번쩍일 때, 웅성대는 목소리 틈에서 온갖 말들이 들려올 때, 무슨 장면들인지 나는 알 수가 없었어. 마침내 그 모든 것이 끝났을 때 나는 서 있었어. 나는 웃을 수도 눈물을 흘릴 수도 없었어. 나는 졸렸어.

11

드리사는 아까부터 입을 다물고 있다. 집안은 조용하고, 내 옆에는 아무것도 없다. 내가 태어난 날, 그 병원에서는 쥐와 개들이 바퀴벌레를 차지하려고 복도에서 사정없이 싸우고 있었다. 시트도 없는 그 병원으로 들어간다는 건 곧 죽음을 맞을 거라는 의미였다. 벽에 새로 페인트칠을 한다거나 하는 생각은 아무도 하지 않았다. 회복될 가망이 없는 어린아이들 무리가 죽어가는 사람들의 자리를 서서히 잠식한다. 내 아버지의 마을, 그곳 음봉기의 불 주위에는 고작 대여섯 명의 늙은이들만 남아 있을 따름이다. 버림받은 그들의 낯빛은 슬퍼 보이고, 눈동자는 누르스름하고 흐릿하다. 할 일이 없는 영혼들은 춤을 춘다. 그리고 조용히 기다린다. 가까이 접근할 수 없는, 어둠 속에 숨겨져 있는 그 늙은이들을. 중국인들은 자기들 방식의 공산주의 체제를 여전히 유지하는 제국에 자본주의를 세운답시고 몇 년 전에 집으로 돌아갔다. 임신 중인 카롤은 4개월 뒤면 엄마가 될 것이었고, 그녀는 드리사가 제정신을 온전히 찾아서 제대로 된 가정을 이룰 수 있기를 간절히 바라고 있었다. 조상은 병역을 마쳤다. 오래전 그가 빠져 죽을 뻔했던 콩고 강 옆의 제방에 민병대원들은 고문실과 감옥을 지었다. 그 모두가 불법이었다. 미레유는 눈에 눈물이 가득 고여 "결코 다시는!"이라고 말하며 떠나갔다. 내 이름마저 잊고서. 신앙심이 두터웠던 카멜은 예멘의 군사 훈련소 어딘가에서 종적을 감추었다. 동네 청년들은 주차장에서 축구 경기에 나가려고 연습을 한다. 나? 나는 공권력을 행사하는 경관이자, 합법적인 폭력의 집행자이며, 착실하고 사랑스러운 가족의 가장을 잔인하게 살해했다.

내 뒤쪽의 쇠창살을 다시 잘 닫아. 나를 잘 가두었는지 확인해 봐. 언제라도 발사할 준비가 된 저격수들이 즐비한 감시탑을 세우고, 너희들 경비견을 다 풀어놓아도 상관없어. 하지만 내 야수의 영혼, 그것만은 절대 빼앗을 수 없어. 내 허리 부근에도 표범의 흔적이 있어. 수사관 양반, 당신은 몸뚱이를 가두는 제복이나 계속 입고 있어. 반질반질하게 왁스 칠을 한 부츠 끈을 단단히 졸라매라고. 발목부터 목까지 한 군데도 빈틈이라곤 보이지 않도록 신경 쓰고, 내가 너를 핥아주기 전에 흘러내려 온 경관 모자나 고쳐 쓰라고! 내게는 오지의 본능이 있다. 나는 꽃 피운다. 나는 끝없이 다시 자란다. 내게는 정글의 심장이 있다. 네가 짐작조차 할 수 없는 힘을 나는 가슴 깊숙한 곳에 감춰두고 있다. 마르지 않는 원천에서 끝없이 맹렬히 타오르는 이 불이 나를 돕고 있어. 내가 어디로 가야 하는지 나는 다시 배운다. 그건 바로 망자의 예지를 향한 길. 내 가장 충실한 동반자 예지는 사그라지지 않고 늘 존재할 것이다. 그리고 길이 남으리라.

너의 질문들, 더는 듣기 싫다. 여기서 끝. 그 질문들은 두 번 다시 나한테 오지 않을 거야. 너는 언제든 질문들을 던질 수 있지만, 그것들은 미끄러져버릴 거야. 내 뇌에서 튕겨 나갈 거야. 자, 봐라. 그 질문들이 땅바닥에 초라하게 으깨져 있는 모습을. 아무 의미도 없는, 더러운 가래침처럼 시시하게 말이야. 말라붙을 거고, 그러다가 오래지 않아 사라져버릴 거야. 너의 질문들? 그따위들은 난 이제 멀리 내동댕이친다. 너 역시 저 아래에서 어슬렁거리라고 쫓아버리지. 거기서는 이 질문들이 나를 더 이상 찾아내지 못할 거야. 그것들이 다시 돌아와 봄철 콧속을 간질이는 꽃가루처럼 만 분의 1초라도 나를 성가시게 하는 불상사가 일어난다면, 그러면 나는 재채기를 해서 너를 밖으로 날려버릴 거야. 간단하게!

수사관님, 나는 드리사와 같아. 나는 떠났어. 네가 가진 건 내 몸뿐이지. 너의 공포, 너의 증오, 너의 빌어먹을 민법, 형법, 네가 원하는 모든 것을 만족시키는 열등감과 의혹의 이 몸뚱이만 네게 남은 거야. 나는 떠난다. 안녕! 너는 나를 다시 잡지도, 체포하지도 못할 거야. 나는 아주 교묘하니까. 자, 좋은 여행이 되기를. 지금 이 순간부터 나는 조심 또 조심할 거야. 특히 내 머리를.

우리는 다른 사람들이랑은 낯짝이 다르게 생겼지. 드리사와 나, 우린 계속 깨어 있을 거다! 더 크고 더 유연하게, 경이롭고, 이상하고, 기이하게 우리는 함께 계속 기지개를 켜 나갈 거야. 드리사의 손을 잡고 이 위대한 여정을 완성할 거야. 대륙을, 세계를 그리고 시간까지도 그 안에 만들어 넣을 거야. 그것이 바로 미래의 위대한 예술이야.

우리는 이 여정을 완전히 해치울 것이다. 우리가 지나갈 때, 무기력한 길들이 녹아 우리의 여정에 합류할 것이다! 오늘부터 우리는 질문들에, 무기에, 약에 저항할 것이다. 너는 내 피부를 갖지 못할 것이다. 수사관, 안 되지. 재판관들도, 미레유도, 그 누구도! 너희는 드리사에게도 손댈 수 없어. 드리사를 주의해야 한다는 거 알아. 그렇지만 내가 도울 거야!

미주

1) 세네갈 음식

2) Na lingi yo: 가수 케샤의 노래 제목

3) 강력한 물의 마녀로, 매년 토고에서 기념 축제가 열린다.

4) 콩고 사람들은 세상이 인간 세계, 자연, 초월 세계로 나뉘었다고 믿는다. 눈에 보이는 인간 세계는 현상의 세계, 물질의 세계다. 보이지 않는 초월 세계에는 영혼과 조상, 그리고 신이 있다고 믿는다. 영혼과 조상은 인간 세계와 초월 세계를 오가면서 인간을 보호해주고 신과 연결해주는 존재다. 즉, 두 세계의 경계를 넘나들면서 상호작용을 일으킬 수 있는 중재자들인 셈이다. '조상'은 한 가족을 보호하는 우두머리를 말한다. 그러나 이 작품에서 조상은 돌아간 윗대라기보다는 현재의 콩고인들과 공존하는 수호자를 가리키기도 한다. 현세대 가족 중의 한 인물에 조상의 영혼이 상징적으로 부활하여 결합하였음을 뜻하는 구절들이 이를 잘 말해준다. 특히 7장에서는 어린 시절 물놀이를 하다 익사할 뻔했던 조상이 인간인 동시에 표범의 영기를 받은 사자(使者)로 되살아나는 일화가 등장한다. 그 극적인 재생의 순간, 불가사의한 인물과 백발노인이 나타나 생과 사의 갈림길을 중재하고, 그때까지 3인칭이던 조상은 갑자기 일인칭 화자 '나'로 언급되고 있다. 이는 화자가 '표범의 후예'이며, 그 종족을 대표하는 위치에 있음을 알려주는 것이다. 또한 일인칭 '나'의 이야기가 한 개인에 국한된 것이 아니라 집단성을 띠고 있다고 넌지시 밝혀주는 것이라 해석할 수도 있겠다. 그 이외의 부분에서 '나'는 '조상'의 지혜와 교훈을 구하기도 하고, 조상을 비난하고 공격하기도 한다. 콩고 땅에서라면 조상과 일체가 되어 공고한 유대감과 안정적인 정체성을 누릴 수 있었을 것이나, 프랑스로 이주한 표범의 후예는 이처럼 조상과 분리된 별개의 존재처럼 묘사되고 있다. 종족의 '조상'이 이주자의 불확실한 지위에 놓였을 때 어떻게 균열을 일으키며 무너져가는지 보여줌으로써 이 작품은 과거 피식민자들의 현재 상황을 잘 보여준다 하겠다.

5) 톨레랑스는 '견디다, 참다'라는 뜻의 라틴어 tolerare에서 유래한 것으로, 이 단어가 처음 등장한 16세기에는 종교적인 관점에서 다른 종파나 신앙을 용인하는 것을 뜻했다. 이후 루소, 볼테르, 몽테스키외 등을 비롯하여 현대의 마르쿠제에 이르기까지 유럽의 사상가들이 이 주제로 토론을 거듭하면서 점점 그 의미가 확대되었고, 오늘날에는 자신이 동의하지 않는 상대방의 의견이나 관점을 용인하는 자세를 가리키게 되었다. 처음에는 '관용'이라고 주로 번역되었으나 원래의 의미를 담기 어려워 요사이는 원어 발음 그대로 톨레랑스라고 쓴다. 톨레랑스는 무관심이나 포기가 아닌 '용인'을 말한다. 나와 다른 것, 내가 반대하거나 잘못되었다고 생각하는 것을 자발적·의도적으로 존중하는 태도이며, 그러

한 것들이 어떤 구속도 당하지 않고 표현될 수 있어야 한다는 믿음까지 포함한다. 톨레랑스는 자유의 필요성과 인간의 권리를 존중하는 것이며, 인류애의 기본을 이루는 정신의 태도라 할 수 있다.

6) 큰 잔처럼 생긴, 맨손으로 치는 작은 북 종류

7) 아프리카 원주민의 북

8) 아프리카 재정 금융공동체의 약어. 아프리카 식민지에서 사용되던 프랑화를 말하기도 한다.

9) 서아프리카 세네갈 및 감비아에 퍼져 있는 민족

10) 빅토리아호, 탕가니카호 등 커다란 호수가 밀집해 있는 중앙아프리카 대호수 지역은 르완다, 탄자니아, 멀리 우간다까지 공포의 종족 학살이 이루어진 곳이다.

11) 서아프리카의 작은 나라 시에라리온은 국민 평균 수명이 34세인 불모의 내전 지역으로, 반군들이 도끼로 양민의 손을 자르는 테러를 벌이기도 했다.

12) 이스라엘 남부, 아카바 만(灣) 북단에 있는 항구 도시

13) 콩고와 앙골라에 사는 부족

14) 콩고공화국에서 두 번째로 큰 도시로, 남서쪽은 대서양에 면해 있다.

15) 프랑스 공화국 보안기동대

16) 예수가 30회 생일에 세례 요한에게 세례를 받고 하느님의 아들로 공중받았음을 기념하는 교회의 절기로, 1월 6일이다. 프랑스에서는 이날 갈레트라는 케이크를 나누어 먹는데, 이 안에는 작은 인형이 단 하나 들어 있어 그 인형이 누구에게 가는지가 아이들의 관심거리이기도 하다.

17) 아프리카 마을의 중앙에 마련된 나무와 짚으로 지어진 집으로, 주민들은 이곳에 모여 서로의 이야기를 듣고 토론하며 의사 결정을 내린다. 아프리카의 문화를 상징하는 장소다.

18) 링갈라는 남아프리카 흑인종을 일컫는 반투족의 언어로, 콩고민주공화국(콩고 킨샤사)의 북서부, 콩고공화국(콩고 브라자빌)의 대부분 지역에서 쓰이는 언어다. 앙골라와 중앙아프리카공화국에서도 사용된다.

19) 키콩고는 앙골라. 콩고민주공화국과 콩고공화국의 콩고인들이 사용하는 언어다.

20) 바나니아(Banania)는 바나나와 코코아 분말, 곡류가 든 프랑스의 음료 브랜드다. 세네갈 원주민 부대의 병사를 모델로 하였는데 순진하면서도 모자라 보이는 미소, 아프리카식의 불완전한 프랑스어를 사용한 광고가 제국주의를 상징한다는 비판을 받고 있다.

21) 손에 끼우는 무기의 일종

22) 프랑스의 대학입학 자격시험

23) 호프를 넣지 않고 보리나 밀로 빚은 골족의 맥주를 뜻함

옮긴이의 말

　1952년 마르티니크 출신의 정신분석의 프란츠 파농은 식민지배하 흑인들의 자화상을 추적한 저작 『검은 피부, 하얀 가면』을 발표한다. 그 책에는 백인들의 지배와 약탈, 문화 이식으로 근원적 정체성을 잃은 흑인들의 모습이 생생히 드러나 있다. 미개와 야만을 극복한다는 명목으로 백인들의 문화와 언어를 배우는 것이 흑인들을 점점 더 비존재로 만드는 데 기여하고 있다는 것 역시 잘 나타나 있다. 파농은 이러한 상태를 '검은 피부, 하얀 가면'이라는 상징적 표현으로 간명하게 전달하였다. 1960년대를 지나며 아프리카 대부분 국가는 해방을 맞았고 주권국이 되었다. 그러나 오늘날에도 아프리카는 여전히 검은 대륙으로 불리고 있다. 풍부한 자원을 바탕으로한 일부 국가의 성장이 눈에 띄기는 하지만 내전과 테러, 살육과 기아 등 비극적 요소는 이들에게서 떠나지 않고 있다.

　여기 소개하는 윌프리드 은송데의 첫 소설 『나의 가슴은 표범의 후예』는 『검은 피부, 하얀 가면』 이후의 아프리카 흑인들, 특히 프랑스로 이주한 이들의 현재 모습을 적나라하게 파헤치는 문제작이다. 윌프리드 은송데는 1969년 콩고에서 태어나 5세 때 프랑스로 이주하여 프랑스에서 교육받았다. 이후 유럽 각지를 돌아다니며 생활하다가 현재는 베를린에 정착하여 글쓰기와 음악 작업을 병행하고 있다. 이 소설은 2007년 발표되어 프랑스 문단에 큰 반향을 불러일으켰다. 프랑스어권 문학상과 셍고르상을 받았고 2011년에는 연극으로 상연되어 호평을 받기도 했다. 이 소설은 프랑스로 이주하여 과거 식민지배자들의 교육을 받고, 그 사회 체제에 적응하려 애쓰던 한 흑인 청년이 '하얀 가면'을 벗어던지고 그의 가슴을 지배하는 표범의 영혼으로 돌아가는 격렬한 과정을 담고 있다.

과거 피지배자였고 노예였던 흑인들은 현재 유럽에서 어떤 삶을 살아가고 있는가? 프랑스 국적을 얻고 프랑스 문화에 동화되어 안정적으로 살아가고 있는가? 소설은 흑인들의 여러 삶의 모습과 경로를 짚어가며 단호히 아니라고 말한다. 거기에는 물론 여러 가지 요인이 복합적으로 작용한다. 독립되었다고는 하나 흑인들의 뿌리인 아프리카는 여전히 아프고 슬프기만 하다. 작가의 조국이자 주인공인 화자의 조국 콩고의 경우 1960년 독립했지만 이후 정치적 혼란과 32년간의 독재를 겪었다. 1990년 독재체제가 종식된 후에는 반정부 무장 세력의 내란과 대량학살이 있었고, 르완다, 우간다, 앙골라, 짐바브웨 등 주변국과 얽힌 대규모 분쟁에 휩싸이는 등 평안할 날이 없었다. 아프리카 대전이라고도 불리는 이 전쟁의 희생자

만도 300만 명에 이른다. 평화협정으로 전쟁이 종식되던 2002년 콩고의 1인당 국민총생산이 100달러 이하라는 사실은 이 나라가 얼마나 참혹한 상태에 놓여 있는지를 입증한다.

식민시대가 종결되었지만 인종차별주의가 여전히 존재한다는 점도 흑인들의 안정을 방해하는 요인이다. 소설의 주인공과 그 친구들을 귀여워해주던 동네 빵집 아주머니가 점점 이들을 잠재적 범죄자로 바라보게 되었다든가, 초등학교 담임선생님이 주인공에게서 냄새가 난다며 코를 막고 가까이 오지 못하게 했다든가, 택시를 잡으려고 길가에 서 있으면 멈출 듯 다가오다가 흑인임을 확인하고는 지나쳐 가버린다든가 하는 에피소드들은 아프리카 출신 이주자들이 일상 속에서 수없이 겪는 작은 비극들을 잘 나타낸다. 문제는 그들을 소외시키고 차별하는 '이웃들'과 소통하고 공존을 모색할 수 있는 실질적인 방법이 없다는 점이다. 식민시대에는 지배자에 대항하고 투쟁하면서 피지배자의 자긍심과 정체성을 확립할 수 있었다. 그러나 지배-피지배의 관계가 청산된 지금 표면적으로는 모두가 동등한 공화국의 시민이 되었다. 더군다나 프랑스는 이주자들에게 매우 수용적인 국가 중 하나이고 이슬람에 대한 편견도 적은 편에 속한다. 동화주의에 따른 대 외국인 정책은 프랑스 사회가 쟁취해 온 가치에 동의하고 '함께 살려는 의지'를 갖는다면 누구나 프랑스 시민권을 획득할 수 있다는 것을 당연시해왔다. 이러한 사회 분위기 속에서 은밀한 차별에 대한 이주 흑인들의 저항과 투쟁은 곧 사회의 어두운 존재, 범법자가 되는 것과 다를 바가 없어졌다.

은송데는 이 답답한 상황에 놓인 이주자들의 분노 서린 속내를 에두르지 않고 직설적으로 표현한다. 프랑스 사회 내에서 자신들의 존재는 '실체'가 아니며, '통계표에 분류될 수 없는 항목'이고, '지하철을 은밀히 채우는 그냥 작은 그림자'라는 것, '애초부터 캐스팅 대상이 아니'라고 간주된다는 것을 고발한다. 그리고 이는 식민주의의 연장과 다를 바 없다고 주장한다. 또, 동화정책의 테두리 안에서 프랑스의 가치로 이주자들을 통합하려는 것에 반감을 표시하면서 "내가 있는 바로 그 자리로 나를 찾으러 와봐. 그러면 나도 너에게 갈게!"라고 말하고도 있다.

소설 속에서 프랑스 사회가 흑인들의 자리로 그들을 찾으러 가는 일은 절대 벌어지지 않는다. 소설은 마약에 빠진 주인공의 끔찍한 범죄로 마감되며, 은송데는 그 과정을 도발적이고 거친 호흡의 문체로 그려나간다. 이 불편한 내용이 공감을 얻을 수 있는 것은 과거의 지배자와 현재 프랑스 사회를 공격하는 것 못지않게 이주자들의 부정적인 모습이 적나라하게 조명되고 있기 때문이다. 흑인들이 보여주는 무력감, 눈살을 찌푸리게 하는 일탈과 폭력, 거기서 벗어나려는 의지의 부재……. 은송데는 이 모두를 주저 없이 드러내면서 21세기 프랑스 사회의 어두운 그림자를 정면으로 바라보도록 해준다. 평범한 모범생이었던 소설 속 화자 '나'가 점차 혼란을 겪으며 사회와 극단적으로 충돌하는 모습은 그것이 단순한 개인의 비극이 아니라 사회의 비극으로 치달을 가능성을 경고한다.

이 소설은 자신들의 뿌리와 정체성에 대한 흑인 이주자들의 애착을 일방적으로 옹호하거나 미화하지 않는다. 오히려 이주자들의 실상을 있는 그대로 보여주고, 그들의 현재가 내포한 위협적인 파급력을 진지하게 고려하라는 메시지를 프랑스 사회에 전달하는 데 치중한다. 그에 더하여 이주 흑인들을 그림자가 아닌 실체로 부각하고, 프랑스 사회가 받아들여야 할 '상대'로 이들을 각인시키고자 한다. 이러한 작가의 의도는 내용뿐 아니라 형식의 측면에도 작용한다. 흑인 화자 '나'가 자신의 과거와 현재를 구술하는 방식을 취하고 있으므로 이 작품은 자전적인 허구로 분류될 수 있다. 자전적인 이야기는 전통적으로 집단의식과 공동체를 중시하는 아프리카의 정서에 반하는 서구적인 장르에 속하는데, 은송데는 지배자의 언어인 프랑스어로 이 서구적 장르 안에서 끊임없이 떠드는 흑인 화자를 창조한 것이다. 실제로 소설을 읽다 보면 문자로 기록된 글을 읽는다는 느낌보다 횡설수설 흘러나오는 말을 듣는다는 느낌이 더 강하게 전달된다. 한국 독자들의 가독성을 높이고자 번역 과정에서는 상당 부분 삭제하였지만, 원작에서 과도하게 많이 사용된 쉼표는 정리되지 않은 생각의 흐름이 쏟아져 나오는 대로 발설되고 있음을 시각적으로도 보여준다. 그 말들을 따라가노라면 소통을 하거나 유대관계를 맺는 것이 불가능한 상태에 놓여 있는 이주자 흑인들의 억눌린 심정이 감지된다. 이처럼 자전적 문학이라는 서구적인 방식을

차용하되 아프리카 문화의 특징인 구술성을 전면에 드러내는 수법
으로 이를 자기화함으로써 은송데는 도발과 화해의 손을 동시에 내
민다. 서구 독자들로서는 더 이상 피지배자가 아닌 모습으로 자신
들의 영역에 침투해온 새로운 타자의 존재를 느낄 수 있을 것이다.
그들만의 장르라 여겼던 자전적인 문학을 취하여 "내가 너에게 갈
게. 나의 이야기를 들려주러."라며 다가오는 이웃의 모습을 발견할
수도 있을 것이다.

　일제강점기를 겪은 우리로서는 불운한 역사의 그늘에서 벗어나
지 못하고 있는 아프리카의 후예들에게 더 깊이 공감할 수 있을 것
이다. 그뿐 아니다. 이 소설은 최근 유럽의 경제위기로 증폭되는 인
종적 · 문화적 · 종교적 갈등을 이주자의 관점에서 표면화하고 있다
는 점에서 다문화 사회로 진입하는 우리에게 많은 것을 시사한다.
오랜 세월 단일민족국가임을 자처해온 우리이기에 정서적으로나
문화적으로, 또 제도적으로도 다문화 사회를 준비해오지 못한 것이
사실이다. 과거 식민지로 삼았던 국가들 출신의 시민권자들이 늘고
있는 프랑스와 노동력의 필요성, 국제결혼으로 다문화 사회로 나아
가는 우리나라의 상황은 물론 다르다. 그러나 그 과정에서 서로 다
른 인종과 정체성, 문화가 유입되고 교류하며 혼란을 겪을 수도 있
다는 점은 크게 다를 바 없다. 상처를 입고 입히는 사람들이 생겨나
고 새롭게 얻는 것과 잃는 것이 생겨날 수 있을 것이다. 우리보다 앞
서 이를 경험한 사회가 들려주는 이야기를 통해 우리가 할 수 있는

일을 터득하고 준비할 수 있지 않을까?

　"고독 같은 건 느낄 일이 없을 거다. 너는 끝없이 펼쳐진 그물의 한 코이고, 연결부호이니까. 그 한 코가 빠진다면 모든 게 산산이 흩어질 터. 때로는 뒤집히고 쓰러져도 좋다. 그래야 시간을 꿈꾸며, 온갖 공간을 여행하고, 죽은 영혼들을 다시 만날 수 있으니까. 바로 거기에 어제와 오늘, 그뿐만 아니라 내일의 열쇠가 있고, 사랑하고 위로하고 치유하는 마르지 않는 선량한 마음의 샘 또한 있단다." 아프리카의 조상이 후손에게 들려주는 이 이야기에는 한 부족의 지혜를 넘어서는 깨달음이 있다. 작가가 독자들에게 보낸 편지에서 밝힌 것처럼, 이 글을 통해 경계와 차이 너머에 있는 우리의 모습을 발견할 수 있으리라 생각한다.

최윤경